AF190109

Stimmen im Kopf.
Mit Ankündigung des Martyriums.

Alexander Gesk

Stimmen im Kopf.

Mit Ankündigung des Martyriums.

Bibliografische Information der Deutschen National-bibliothek:
Die Deutsche Nationalbibliothek verzeichnet diese Publikation in der Deutschen Nationalbibliografie; detaillierte bibliografische Daten sind im Internet über http://dnb.dnb.de abrufbar.

Herstellung und Verlag: BoD – Books on Demand, Norderstedt

ISBN: 978-3-7448-4090-3

6. November 2016

Es gibt viele Geheimdienstgeschichten.

Ich habe Geheimdienstbücher gelesen und ich habe Geheimdienstfilme gesehen. Aber die wirklich krasseste Geheimdienstgeschichte, die ich kenne, ist unglücklicherweise meine eigene. Das erinnert mich an einen Kommentar, den ich vor Jahren in einer Zeitung gelesen habe. Da hieß es, dass das reale Leben immer noch die krassesten Geschichten schreiben würde. Ich dachte mir damals 'Das kann schon sein'. Dass es jedoch einmal mein eigenes Leben betreffen würde, hätte ich nicht für möglich gehalten. Und weil das, was ich wirklich erlebt habe, die krasseste Geschichte ist, die ich kenne, habe ich mich nun entschlossen sie aufzuschreiben.

Angefangen hat alles 2012. Als ich plötzlich meine Nachbarn hörte, wie sie mich beschimpften. Es waren die übelsten Hasstiraden. Dummerweise hörten die Beschimpfungen gar nicht mehr auf. Die Stimmen verlangten, dass ich eine Drogenberatung aufsuchen sollte. Außerdem wollten sie wissen, wo ich meine Kinderpornosammlung versteckt habe. Ich hatte keine Kinderpornosammlung und wusste nicht, warum ich eine Drogenberatung aufsuchen sollte. Es war der reinste Terror. Tag und Nacht. Die Stimmen hörten einfach nicht mehr auf .

Ich ging schließlich zur Polizei und erzählte dort, dass ich ständig meine Nachbarn hören würde, wie sie mich beschimpfen. Die Polizisten fuhren mich daraufhfhin ins St. Joseph Krankenhaus und meinten, dass mir hier geholfen werden könnte. So kam ich zum ersten

Mal in meinem Leben in eine Psychiatrie. Hier wurde ich zum Pillenjunkie. Die Stimmen gingen langsam weg. Aber ich bekam Probleme, mich normal zu bewegen. Ich fühlte mich einfach zu schwach. Ebenso hatte ich große Probleme mit der Konzentration. Ich hatte große Angst, dass dieser Zustand nicht mehr weg gehen würde. Und diesen Zustand empfand ich als wirklich sehr beängstigend. Doch meine Ärztin beruhigte mich und meinte, dass alles wieder normal werden würde. Tatsächlich wurde nach einer Umstellung der Medikamente mein Zustand wieder normal.

Aus dem St. Joseph Krankenhaus kam ich mit der Diagnose Psychose. In meinem alten Beruf als Lehrer sollte ich nicht mehr arbeiten. Stattdessen sollte ich eine berufliche Reha machen – also eine Umschulung in einen neuen Beruf. Das war mir eigentlich ganz recht, denn als Lehrer habe ich seit 2011 sowieso keinen neuen Arbeitsvertrag mehr erhalten.

Ich kam wieder in meine Wohnung.

Und dort fingen meine Nachbarn wieder an, mich zu beschimpfen. Ich würde Kinderpornos gucken und ich sei abnormal. Offensichtlich meinten sie meinen Aufenthalt im Internetcafe. Ich war am Abend zuvor im Internetcafe. Ich fühlte mich unbeobachtet und surfte über alle möglichen Sexseiten. Darunter waren unter anderem auch sogenannte Teenpornoseiten.

Deswegen bin ich aber noch lange nicht pädophil.

Ich war Lehrer und ich habe als Nachhilfelehrer gearbeitet und ich sah in meinen Schülerinnen keine Sexobjekte.. Die Stimmen meinten, dass ich jetzt mein Leben lang ein Krüppel bleiben werde und höchstens noch in der Behindertenwerkstatt arbeiten dürfe.

Dass die Stimmen in meiner Wohnung wieder auft-ftauchten, überzeugte mich, dass ich echte Menschen höre und mir die Stimmen nicht eingebildet habe. Irgendwie hatten meine Nachbarn einen Weg gefunden, mich als Stimmen in meinem Kopf zu terrorisieren.

Die Stimmen hörten nicht auf, mich aufs Übelste zu beschimpfen. Hier konnte ich unmöglich wohnen bleiben.

So kam es, dass ich meine geliebte Wohnung in Prenzlauer Berg aufgeben musste und in eine therapeutische Wohngemeinschaft von Via nach Pankow zog. Hier kam ich mit zwei Männern zusammen, die ungefähr in meinem Alter waren. Beide hatten auch die Diagnose Psychose.

Ich war nun krank geschrieben und wartete auf meine berufliche Reha. Ich wartete lange auf meine beruflich Reha. Schließlich hieß es Mitte 2013, dass der Reha Antrag an das Arbeitsamt weitergereicht worden wäre, weil die Rentenversicherung für mich nicht zuständig sei. Aber beim Arbeitsamt ist nie ein Reha Antrag eingegangen. Der Reha Antrag war allerdings auch nicht mehr bei der Rentenversicherung. Er war verschwunden. Also stellte ich ein zweites Mal einen Reha Antrag. Nach einigem Hin und Her schlug die Rentenversicherung Anfang 2016 vor, dass ich eine Rehabilitation psychisch Kranker (RPK) machen sollte. Ich müsste nur noch den Ort wählen, dann könne es losgehen. Da es diese RPK in Berlin nicht gab, wählte ich also Leipzig als Ort für die RPK. Wieder vergingen die Monate. Schließlich bekam ich im Oktober 2016 einen ablehnenden Bescheid. Die Krankheit würde schon so lange dauern, dass sie chronisch sei und daher würden keine Erfolgsaussichten für eine Reha bestehen.

Da ich mich völlig fit fühle, mit 40 noch nicht Rentner werden möchte und noch dazu genau weiß, dass ich eigentlich gar nicht krank bin - aber dazu später mehr, bin ich im Oktober noch zum Sozialgericht gegangen und habe dort eine Klage gegen die Rentenversicherung eingereicht. Außerdem habe ich mir beim Amtsgericht einen Beratungsschein geholt und einen Rechtsanwalt für Sozialrecht besucht. Diesem gab ich am 31.10. meine ganzen Unterlagen und er meinte, dass er gute Chancen sehe, dass die Rentenversicherung zu Rehaleistungen verurteilt wird. Er soll jetzt die Begründung für die Klage formulieren. Ich bin nach vier Jahren Hin und Her selbst schon gar nicht mehr so optimistisch. Aber gut, ich will zumindest alles versucht haben.

7. November 2016

Wir haben Montag und ich fahre in die BTS (Beschäftigungstagesstätte) nach Berlin Buch. Seit ich krank - geschrieben bin - also seit 2012 – besuche ich die Tagesstätte. Hier werden für psychisch Kranke unterschiedliche Gruppen angeboten. Ich besuche Montags eine Kochgruppe und eine Literaturgruppe in Berlin Buch, Mittwochs besuche ich eine Gesprächsgruppe und eine Gartengruppe in Pankow und Donnerstags gehe ich zur Ausflugsgruppe in Pankow. Die Gruppen kommen mir ehrlich gesagt schrecklich sinnlos vor. Aber was soll ich sagen. Es ist besser als nichts zu tun.

Schlimm ist nur, dass ich vor 2012 in meinem Leben immer das Gefühl hatte, etwas Sinnvolles zu machen. Das Gefühl hatte ich, als ich studierte und mir Spezialwissen aneignete und dieses Gefühl hatte ich, als ich am Gymnasium unterrichtete und Wissen vermittelte und ebenso, als ich an den Grundschulen in Fürstenberg und Zehdenick als angestellter Lehrer Erziehungsarbeit geleistet habe. Zuletzt war ich 2010 und 2011 in Zehdenick. Dort habe ich eine Lehrerin kennengelernt, die hervorragende Erziehungsarbeit leistete und sogar Kinder, die als besondere Problemfälle galten, wieder in die Spur brachte. Es war die begabteste Lehrerin, die ich je gesehen habe und ich durfte sie fast ein halbes Jahr begleiten und unterstützen. Ihren Unterricht zu besuchen, fand ich wirklich beeindruckend.

In Zehdenick lernte ich auch einen Sonderpädagogen kennen, der wie ich aus Hessen kam und der diesen besonderen albernen Witz hatte, den ich irgendwie immer wieder bei den Hessen antraf. Das war schon der Fall, als ich in Heidelberg studierte und als Rettungsschwimmer arbeitete. Irgendwie traf ich in mei - nem Leben immer wieder auf Hessen, mit denen ich über alles Mögliche ablachen konnte. Und das war eben auch mit diesem Sonderpädagogen der Fall. Wir fuhren manchmal zusammen nach Hause. Zufällig wohnten wir beide in Berlin. Diese Fahrten waren immer sehr lustig. Wir konnten über all die schrägen Erlebnisse mit den Kindern lachen, genauso wie wir über unsere Kolleginnen lachen konnten. Und wir hattten an der Grundschule nur Kolleginnen, da wir hier die einzigen Männer waren. Obwohl, mir fällt ein, dass es noch einen Mann gab. Er unterrichtete hier in der brandenburgischen Provinz evangelische Religion. Es war ein 'Prinz von Preussen'.

Es war irgendwie komisch anzuschauen, wie die Kinder in den Pausen an ihm hingen und an ihm herumzupften. Das hier war also der Sproß eines der mächtigsten Adelshäuser Europas.

Das war für mich als Historiker schon eine sehr merkwürdige Situation. Zumal die Geschichte Preussens eines meiner Prüfungsgebiete beim mündlichen Examen war.

Bis 2014 war mein Leben voller lustiger Momente, voller 'Magie' und -wie ich bereits sagte– es war sinnerfüllt.

Seit 2014 habe ich im wahrsten Sinn des Wortes nichts mehr zu lachen und die magischen Momente sind seit ich nicht mehr Tango tanze ebenso gegangen. Seit 2014 sitze ich meine Zeit ab und lebe das wenig sinnvolle Leben eines Geheimdienstopfers.

Das letzte wirklich sinnvolle Jahr war 2013. Warum 2013, obwohl ich keine Arbeit hatte, so ein sinnvolles Jahr wurde?

Das war zum einen, weil ich Anfang 2013 eine Tangopartnerin hatte, mit der ich jeden Tag – bis auf das Wochenende – Tango tanzen gehen konnte. Wir hattten eine Monatskarte und wir besuchten alle Anfän - gerkurse und alle Fortgeschrittenenkurse, die in der Tanzschule angeboten wurden.

Es war eine wundervolle Zeit. Das Tangotanzen war für mich Trost und es machte mich glücklich, die

Musik in Bewegungen umzusetzen. An manchen Tagen tanzten wir von 19-24 Uhr. Hier konnte ich meinen ganzen Ehrgeiz investieren. Und irgendwie klappte es mit dem Tanzen ziemlich gut. Auch die Fortgeschrittenenkurse waren für uns kein Problem.

Meine Tanzpartnerin, Stephanie, war eine Französin und sie arbeitete in Berlin als Immobilienmaklerin.

Mit diesem Beruf kannte ich mich gut aus, denn mein Vater war selbständiger Immobilienmakler. Gelegentlich, wenn mein Vater im Sommer in Portugal Urlaub machte, habe ich ihn vertreten und selbst als Immobilienmakler gearbeitet.

Es dauerte nicht lange und wir waren ein Paar.

Stephanie hatte eine schöne Eigentumswohnung in Prenzlauer Berg. Wenn wir nicht Tango tanzten, kochten wir gemeinsam, gingen schwimmen oder gingen in die Sauna. Am Sonntag besuchten wir den Gottesdienst im Berliner Dom.

Leider hielt die Beziehung wieder einmal nur wenige Monate. Aber immerhin durfte ich 2013 unbeschwerten Sex haben. Das war nicht immer so. Und seit 2014 ist es ganz aus mit dem realen Sex. Ich bin mir sicher, dass die doofen Amerikaner dahinter stecken, denn die hassen mich. Weil ich keinen Beruf ausüben darf und keine Beziehung haben darf, halte ich mich auch für das vielleicht krasseste Geheimdienstopfer der Welt.

Woher die Amerikaner kommen und warum die Amis mich hassen?

Ich nenne diese Phase ' Widerstand im Kopf '. Das war der andere Punkt, warum 2013 so ein sinnvolles

Jahr werden sollte. Vielleicht sogar das sinnvollste Jahr meines Lebens.

Doch darüber mehr auf den folgenden Seiten. Wir haben jetzt 22 Uhr und ich schreibe schon seit 18 Uhr. Jetzt möchte ich noch eine Partie Stratego im Internet spielen und ein wenig fernsehgucken.

8. November 2016

Wir haben heute Dienstag und Dienstags kann ich ausschlafen, denn die Kochgruppe in der KBS (Kontakt und Beratungsstelle) hier in Pankow beginnt erst um 10 Uhr.

Zu Beginn jeder Kochgruppe werden die Arbeitsaufträge eingeteilt. Also wer geht einkaufen, wer kocht, wer spült, wer bringt den Müll weg und wer richtet den Raum für die Yoga Gruppe her. Ich lasse mich in der Regel zum Abspülen eintragen. Wenn die Einkäufer zurück sind, wird meistens gemeinsam das Gemüse geschnippelt und dann ist immer noch eine Stunde Zeit, in der viele Besucher der Kochgruppe einfach herumsitzen und nichts tun. Diesen 'Leerlauf' kann ich gar nicht ertragen. Ich geh dann immer an den für alle zugänglichen Computer der KBS und spiele Schach im Internet. Wenn ich beim Schachspiel im Netz auf eine Eröffnungsvariante treffe, die ich noch nicht kenne, schreibe ich sie mir auf, um sie am Freitagabend in meinem Schachverein mit einem der guten Spieler zu analysieren. Auf diese Weise versuche ich mein eigenes Spiel ständig zu verbessern.

Die zweite Phase des Stimmenhörens begann bereits während ich mit Stephanie zusammen war. Das war im Februar 2013. Es war in einer der ersten Nächte, die wir gemeinsam verbrachten, als sich die Stimmen wieder zu Wort meldeten.

Ich begann direkt mitzuschreiben bzw. ein Gedächtnisprotokoll anzufertigen, wenn ich nicht sofort einen Zettel zur Hand hatte:

„Dein Vater ist für das Schlimmste verantwortlich, was es gibt."

„Dein Vater ist dafür verantwortlich, dass du eine Psychose hast."

Ich erinnere mich, dass ich in meiner WG war, als ich die Stimmen einige Zeit später wieder hörte:

„Ich habe keine Lust mehr, ihm beim Schlafen zuzuschauen."

„Der macht in 300 Jahren keine Straftat."

Schließlich meldeten sich die Stimmen im April 2013 wieder:

„Du spinnst wohl vom Schachspielen zu träumen."

„Ein ganz normaler Mensch. Er hat einfach nur Pech gehabt."

„Deine Träume sind ganz ok."

„Du bist ein ganz normaler Mann."

„Stinknormal bist du."

Ich erinnere mich:

„Das Ganze ist ein schreckliches Mißverständnis."

„Der Verfassungsschutz fiel auf deinen bösen Vater und deine dummen Nachbarn rein und hat geholfen, einen Deppen aus dir zu machen."

„Wir dachten du seist ein Straftäter."

Da war mir klar, wie meine Nachbarn 2012 zu den technischen Möglichkeiten kamen, mich als Stimmen in meinem Kopf zu terrorisieren. Spätestens als sich die Stimmen nach meinem Psychiatrieaufenthalt in meiner Wohnung wieder meldeten, wurde mir klar, dass ich echte Menschen gehört hatte.

Später hieß es dann:

„Der Verfassungsschutz hat - aus Versehen - einen Helden aus dir gemacht."

„Du wurdest Opfer eines Justizskandals."

„Du sollst alles zurückbekommen."

Und wiederum einige Tage später kamen dann die Amerikaner ins Spiel:

„Du sollst nicht wiederkehren dürfen."

„Die dummen Amerikaner sagen, dass es schon genug Superhelden gibt."

„Tut uns leid, dass wir nach Amerika gegangen sind."

„Du sollst dein Leben lang verarscht werden."

„Das tut uns unser Leben lang leid."

„Aus dir wurde das größte Justizopfer der Menschheit."

Kurze Zeit nachdem ich mit Stephanie zusammenkam, ereignete sich eine Situation, die mich restlos davon überzeugte, dass ich ein Geheimdienstopfer geworden bin.

Ich bin zum Arzt gegangen, weil ich seit Jahren beim Sex ein gewisses Problem hatte. Dafür habe ich, nach dem Besuch verschiedener Urologen eine Vorhautverengung als Ursache vermutet.

Um mit Stephanie unbeschwerten Sex haben zu können, wollte ich mir nun die Vorhaut wegschneiden lassen. Ich machte also einen Termin beim Urologen, um diese Prozedur vornehmen zu lassen. Und am

Abend des gleichen Tages meldeten sich die Stimmen wieder und sagten:

„Wir haben deine Sexualität wieder hergestellt."

Und tatsächlich konnte ich mit Stephanie ab diesem Zeitpunkt normalen Sex haben – ohne irgendein Problem.

Das habe ich mir nicht eingebildet. Ganz offensichtlich können Geheimdienste mehr manipulieren, als man glaubt. Und Geheimdienste können nicht nur mehr, als die Mehrheit der Menschheit weiß, sie tun es auch.

Das ist die Stelle, wo ich mich frage, vor wem die Geheimdienste eigentlich zur Rechenschaft gezogen werden, für das, was sie tun.

Ich bin der festen Überzeugung, dass der Verfassungsschutz mir grundlegende Freiheitsrechte, die durch die Verfassung geschützt sein sollten, genommen hat. Und das, obwohl ich nichts Verbotenes und nichts Schlimmes getan habe.

In diesem Zusammenhang habe ich 2013 immer wieder auf die in der Verfassung verbrieften Grundrechte hingewiesen und die Verfassungsschützer in meinen Gedankengängen aufgefordert, sich zu weigern, Dinge zu tun, die in einem eklatanten Widerspruch zur Verfassung stehen. Und das habe ich in vielen Situationen, die ich 2013 erlebt habe, immer wieder dargelegt. Nicht nur den Verfassungsschützern, sondern auch den anderen Deutschen. Denn die Verfassungsschützer sollten 2013 nicht die einzigen Deutschen bleiben, die sich in meinem Kopf gemeldet haben, die an meinem Schicksal Anteil nahmen und sich schließlich mit mir solidarisiert haben.

Die Phase meiner 'Gedanken des Widerstandes' sollte allerdings am 12. November 2013 ihr jähes Ende finden. Denn nun hieß es, dass ich einen „Privatkrieg gegen eine Supermacht" führen würde, dass ich einer der größten Taktiker der Geschichte sei und, dass ich ab sofort nur noch denken dürfe, was die Amerikaner mir zu denken erlauben. Ein Unding. Als ob man sein Denken kontrollieren könnte. Das konnte ja nicht klappen. Aber auf das, was ich dann erleben musste und das war wirklich ziemlich krass, werde ich später eingehen.

Am Mittagstisch erzähle ich, dass ich angefangen habe, ein Buch über mein Schicksal zu schreiben und, dass ich der Überzeugung bin, dass ich ein Geheimdienstopfer wurde. Ich erzähle von einigen Dingen, die ich erlebt habe und, dass ich überzeugt bin, dass ich mir die Stimmen nicht eingebildet habe, sondern echte Menschen gehört habe.
Falk glaubt mir. Das tut gut. Die meisten Menschen, denen ich meine Geschichte erzähle, glauben, dass ich krank bin und mir die Stimmen nur eingebildet habe. Das würde ich, ehrlich gesagt, wahrscheinlich auch glauben, wenn ich nicht erlebt hätte, was ich erlebt habe.
Leider kann ich nicht alles, was ich erlebt habe, in diesem Buch wiedergeben.
Es sind so viele Erlebnisse, so viele Feinheiten und Nuancen, die mich überzeugt haben, dass ich echte Menschen höre und, dass ich ein krasses Geheimdienstopfer geworden bin. Man muss, glaube ich, erlebt haben, was ich erlebt habe, um zu der Überzeu-

gung zu kommen, dass eine Geschichte, die so eine krasse Geschichte ist, eine wahre Geschichte ist.

Ich habe die Hoffnung, dass mein Schicksal doch irgendwann einmal rauskommen könnte. Auch wenn ich zu diesem Zeitpunkt nicht mehr leben sollte. Dass das Wissen um meine Geschichte nicht einfach verloren geht, nicht von den Geheimdiensten geschreddert wird.

Ich erzähle Falk von meiner Idee einen Verein zu gründen, der das Wissen um die Macht und die Willkür der Geheimdienste bewahrt und weitergibt. Ich hoffe, dass der Verfassungsschutz irgendwann einmal zugeben kann, was er mir aufgrund übler Nachrede alles kaputt gemacht hat.

Ich bin mir sicher, dass der Verfassungsschutz und die Amerikaner mir mein ganzes Leben total versaut haben.

Falk zeigt sich nicht abgeneigt mitzumachen. Er fragt mich allerdings, ob ich nicht Angst hätte, dass mich die Geheimdienste wieder auf dem Kicker haben, wenn ich jetzt so aktiv werden würde. Ich sage ihm, dass ich keine Angst habe.

Es gibt eine kleine Diskussion, ob die Gedanken wirklich frei sind oder, ob sie von den Geheimdiensten kontrolliert werden können.

Ich weiß, dass die Amerikaner meine Gedanken lesen konnten und, dass die Deutschen in vielen Situationen direkt auf meine Gedankengänge geantwortet haben.

Von einigen dieser Situationen werde ich in diesem Buch noch berichten.

Die Meinungen in unserer Runde sind kontrovers. Einige glauben, dass die Geheimdienste Gedanken lesen können. Andere glauben es nicht.

Ich glaube, dass solange der Verfassungsschutz und die Amerikaner nicht zugeben, was sie gemacht haben, mir eine Mehrheit der Leser nicht glauben wird. Aber ich hoffe, dass ich für Einige zumindest die Vorstellungskraft über das, was Wirklichkeit sein könnte, erweitern kann.

Als Student habe ich 'Die Gedanken sind frei' gesungen und mir vorgestellt, wie sich die Studenten in der ersten Hälfte des 19. Jahrhunderts gefühlt haben müssen, als sie trotzig gegen die Staatsmacht und den Polizeistaat angesungen haben. Heute weiß ich, dass zumindest für die Amerikaner gilt, dass die Gedanken nicht frei sind.

Das Mittagessen ist fertig. Es ist eine Idee der Praktikantin. Reis mit Gemüse, das mit Ingwer angebraten wurde. Dazu gibt es klein gehakte Erdnüsse. Das passt geschmacklich hervorragend zusammen.
Ich erinnere mich, dass ich früher selbst sehr gerne gekocht habe. Aber derzeit ist die Küche in meiner WG immer voll mit ungewaschenem Geschirr, so dass ich einfach keine große Lust mehr aufs Kochen habe. Ich hätte nie gedacht in was für heruntergekommenen Verhältnissen ich einmal leben könnte.

Wir haben jetzt schon wieder 18.40 Uhr und ich bin seit vier Stunden am Schreiben. Mir fällt so viel ein.

Und irgendwie muss ich abwägen, was interessant ist und wo es nur ausufern würde.

Ich überlege immer wieder, was es ist, das mir diese Sicherheit gibt, dass die Stimmen mir die Wahrheit über mich erzählt haben. Ich könnte hier schreiben, dass in meiner Studienzeit kritisches Denken, eine diffferenzierte Urteilsfähigkeit und Intuition wichtig waren und von mir über viele Jahre trainiert wurden.

Aber ich komme immer wieder zu dem Schluß, dass man erlebt haben muss, was ich erlebt habe, um wirklich zu 'wissen', dass gerade die krasseste Geschichte eine wahre Geschichte ist.

Heute fiel es mir zuerst nicht einfach, mich hinzusetzen und zu schreiben. Aber es ist mir einfach ein großes Bedürfnis geworden, meine Geschichte zu erzählen und dazu beizutragen, dass nicht in Vergessenheit gerät, was nicht in Vergessenheit geraten sollte. Auch wenn das, was für mich eine wahre Geschichte ist, für Manche nur eine 'mögliche' Wahrheit sein könnte.

9. November 2016

Heute ist mein Geburtstag. Ich werde heute 41. Die Aussicht, dass ich in diesem Leben noch 30 Jahre oder mehr vor mir habe, erfüllt mich dieser Tage nicht gerade mit Begeisterung.

Schon früh am Morgen erhalte ich eine Textnachricht. Sie ist von meinem Onkel. Er wünscht mir von Herzen alles Liebe und Gute, viel Gesundheit und Stabilität. Mein Onkel Friedrich hat mir in den letzten Jahren immer wieder geholfen. Er half mir beim Einrichten meiner Wohnung und er schickt mir kleine Geldgeschenke zum Geburtstag und zu Weihnachten.

Gegen 9 Uhr mache ich mich auf den Weg in die BTS. Meine Eltern rufen an. Mein Vater meint, dass es doch – trotz allem- noch viele lebenswerte Momente in meinem Leben geben würde. Mir kommt mein Leben derzeit wenig lebenswert vor. Ich bin krass reduziert worden. 2012 wurde ich um meine Wohnung und meine beruflichen Aussichten gebracht und 2014 um den Tango und um meine Sexualität. Dass ich einmal so ein krass reduziertes Leben führen müsste, hätte ich nie für möglich gehalten.
Die doofen Geheimdienste haben mir den Sinn des Lebens genommen. Meine grundlegenden Ziele Beruf und Familie wurden mir kaputt gemacht. Ich wollte auf keinen Fall mein Leben alleine verbringen müssen.
Ich habe früher immer gedacht, dass ich als Erwachsener mein Leben selbst bestimmen kann.
Ich kann bestimmen mit wem ich zu tun haben will und was ich machen will. Und wenn ich mich in einer Situation unwohl fühlen würde, dann würde es in meiner Hand liegen, diese Situation zu verändern.
Dass einmal Geheimdienste mein Leben bestimmen würden, wäre mir niemals in den Sinn gekommen. Heute denke ich manchmal, dass die einzige Möglichkeit, ein von Geheimdiensten aufgezwungenes Leben abzulehnen, der Freitod ist.
2013 war mein 'Widerstand im Kopf', der Versuch ein scheinbar unabwendbares Schicksal nicht einfach hin-

zunehmen und stattdessen den „Kampf gegen Gipfel" aufzunehmen.

Ich hatte eine Form gefunden, gegen eine krasse Ungerechtigkeit und einen krassen Verstoß gegen grundlegende Menschenrechte einen gewaltfreien Widerstand zu leisten und ich habe Andere zu passivem Widerstand aufgerufen.

Offensichtlich war dieser Versuch nicht ohne Erfolg, denn im November 2013 hieß es:

„Du hast hier wahre Wunder bewirkt."

Allerdings traf ich auf gnadenlose Amerikaner, so dass mein 'Widerstand im Kopf" im November 2013 sein unschönes Ende finden sollte.

Ich erinnere mich, dass ich in meiner Oberstufenzeit für den Deutsch Leistungskurs eine Arbeit über Albert Camus 'Der Mythos von Sisyphos' angefertigt habe. In dem Buch von Camus geht es um eine philosophische Auseinandersetzung mit der Frage, "ob das Leben die Mühe, gelebt zu werden, lohnt oder nicht". Ich fand die Antwort, dass man sich Sisyphos als einen Menschen vorstellen müsse, der jeden Gran seines Steines liebt, damals sehr sympathisch.

Bis 2013 habe ich mein Leben - trotz aller Schwierigkeiten - geliebt.

Dass sich für mich einmal die Frage stellen würde, ob das Leben die Mühe wirklich noch wert sei oder ob nicht, hätte ich nicht für möglich gehalten. Aber ich habe mir diese Frage in den vergangenen Wochen gestellt. Genauso wie ich mir die Frage gestellt habe, ob der Freitod die letzte verbliebene Möglichkeit des Widerstandes sein könnte.

Ich verlasse heute die BTS nach dem Frühstück. Ich habe einen Termin bei meinem Psychiater. Ich frage ihn, ob er einen Arztbrief für meinen Rechtsanwalt schreiben kann, indem er kurz darlegt, warum ich seiner Meinung nach rehafähig bin.

Dies hält er aber für unnötig, da das Sozialgericht sowieso einen vorgefertigten Fragenkatalog an ihn schicken würde, denn er dann ausfüllen müsste.

Auf die Gartengruppe habe ich heute keine große Lust: Ich möchte heute lieber alleine sein. Ich kaufe mir eine Pepsi und Schokolade und setze mich ans Internet, um Stratego zu spielen.

15. November 2016

Heute früh gegen 10 Uhr treffe ich mich mit Herrn Böhme, meinem Wohnprojektsbetreuer.

Er unterstützt mich in Behördenangelegenheiten. Heute stellen wir den Antrag für die Prozesskostenhilfe fertig. Jetzt fehlen nur noch die Kontoauszüge der vergangenen drei Monate.

Ich gehe in die KBS, wo es für mich mal wieder nichts zu tun gibt. Leider funktioniert am Computer der KBS mal wieder das Internet nicht. Um nicht doof rumzusitzen, gehe ich also ins Internetcafe um die Ecke und spiele einige Partien Stratego.

Gegen 12.30 ist das Mittagessen fertig. Heute gibt es Eisbein. Das ist nicht gerade mein Lieblingsessen. Aber ich bin nicht wählerisch. Es gibt eigentlich nichts, was ich nicht esse.

Nach dem Essen bin ich müde. Ich halte einen Mitt-tagsschlaf und als ich aufstehe wird es draußen
schon fast dunkel. Es kostet Disziplin, aufzustehen und Tagebuch schreiben zu gehen und nicht einfach fernseh zu gucken oder im Internet zu zocken.

Um Tagebuch zu schreiben, gehe ich immer in ein Cafe. Ich möchte nicht ständig in meinem Zimmer sein bzw. in meiner heruntergekommenen Psycho WG. Ich fahre heute zu meinem Lieblingscafe in der Warschauer Straße. Hier bin ich mit zweien meiner Freundinnen zusammen gekommen. Wenn ich mich richtig erinnere war das in den Jahren 2011 und 2012. Ich erinnere mich gerne an diese Zeit zurück.
Man kann hier umsonst Zeitung lesen. Das ist etwas, was ich schon in meiner Studienzeit gerne gemacht habe. Ins Cafe gehen, um einen Kaffee zu trinken und Zeitung zu lesen. Außerdem ist die Musik meistens auch ganz ok. Und es ist kein krankes Umfeld. Die meisten Leute in der BTS und in der KBS sind psychisch krank. Und Viele sind das schon seit ihrer Ausbildung.
Während meines Studiums in Heidelberg war mein Lieblingscafe ein Schachcafe. Dort konnte ich in der Zeit zwischen den Vorlesungen und Seminaren jeder-zeit eine Partie Schach zocken.

Wenn ich meinem Wohnprojektsbetreuer erzähle, dass meine Freunde über Deutschland und die ganze Welt verteilt sind und, dass es ziemlich einsam gewor-den ist seit die Stimmen seit 2014 nicht mehr an meinem Schicksal Anteil nehmen, dann meint dieser, dass ich in der BTS und in der KBS neue Freunde finden könne. Das ist aber, wie ich finde, gar nicht so einfach, da ich die meisten Leute und das, was sie zu erzählen haben, einfach langweilig finde.

Ich kommentiere ein Erlebnis, das ich am Wochenende hatte und ich schreibe in mein Tagebuch, dass ich hoffe, dass die Deutschen, mit denen ich 2013 zu tun hatte, mich als denjenigen in Erinnerung behalten, der ich wirklich war. Als Jemanden, der am Abend Tango tanzen gegangen ist, der sich an der Schönheit der Frauen und der Musik erfreuen konnte und der kein Pornogucker und kein Fernsehgucker gewesen ist.

17. November 2016

Wir haben Donnerstag und für Heute ist Bowling vorgesehen.
Ich möchte heute nicht zum Bowling, sondern lieber meinem Rechtsanwalt die fehlenden Unterlagen bringen und dann in die Sauna gehen. Ich rufe also in der KBS an und sage die Ausflugsgruppe ab.

Dann gehe ich zu dem Bäcker in der Schönhauser Allee, wo ich für 3,59 Euro ein Frühstück bekomme. Mir schmeckt es hier besonders gut. Es gibt zwei Brötchen, Käse und Salami, Konfitüre und ein Ei. Außerdem eine Tasse Kaffee. Das ist mehr, als es in der BTS gibt. Dort sind nämlich nur eineinhalb Brötchen vorgesehen. Manchmal esse ich beim Bäcker sogar noch ein Stück Käsetorte, obwohl ich finde, dass 2,40 Euro

24

ein Wucherpreis ist. Aber ich bin Nichtraucher und dadurch spare ich jeden Monat ziemlich viel und kann mir ab und zu ein Stück Käsetorte leisten oder auch den wöchentlichen Saunagang.

Nach dem Frühstück spiele ich noch eine Partie Stratego im Internet. Um 14 Uhr gehe ich dann mit dem Antrag auf Prozesskostenhilfe und den Kontoauszügen der vergangenen drei Monate zu meinem Rechtsanwalt. Leider braucht mein Anwalt auch noch meinen Mietvertrag und den aktuellen ALG II Bescheid.

Ich gehe also zu Herrn Böhme ins Via - Büro und bitte ihn den Mietvertrag und den ALG II Bescheid, an meinen Rechtsanwalt zu faxen.
Anschließend packe ich meine Sachen für die Sauna.
Ich fahre zum Schwimmbad Fischerinsel. Leider habe ich nicht genug Geld, um das Pfand für den Schrankschlüssel zu bezahlen. Aber der Mann an der Kasse ist so nett, mir den Schlüssel auch so zu geben. Drei Stunden kosten 7,50 Euro.
Ich gehe jeweils zum Aufguss in die Sauna. Heute Nachmittag gehe ich dreimal in die Sauna. Um viertel nach drei, um viertel nach vier und um viertel nach fünf. Um sechs Uhr am Abend verlasse ich die Sauna. Die Zeit ging schnell vorbei.

Am späten Abend lese ich in meinen Tagebüchern und Aufzeichnungen von Januar bis Juni 2013.
Mir fallen dabei zwei Dinge auf. Zum einen wieviel Hoffnung ich 2013 noch hatte und zum anderen was

für krasse Sachen der Verfassungsschutz mir angetan hat.

Noch ein dritter Punkt fällt mir auf. Ich habe immer wieder versucht den Stimmen eigene Gedankengänge entgegen zu setzen. Das war eigentlich schon 2012 der Fall. Und das sollte auch 2013 der Fall sein. Ich war 2013 keineswegs gewillt einfach so hinzunehmen, dass ich für den Rest meines Lebens ein Geheimdienstopfer sein sollte.

In meinem Zimmer habe ich noch die Kalenderblätter der drei letzten Monate meines passiven Widerstandes. Auf dem Kalenderblatt vom August 2013 steht groß mit Ausrufezeichen 'Einigkeit und Recht und Freiheit' und auf dem Kalenderblatt vom September 2013 steht 'Befehle und Anweisungen, die der Verfassung widersprechen, sind zu verweigern.'

Neben den Kalenderblättern hängt ein Bildnis der Stauffenbergbrüder, das ich noch aus der Zeit habe, als ich in Stuttgart Geschichte unterrichtete. Darunter habe ich geschrieben 'Widerstand gegen Unrecht'. Dass ich gerade die Stauffenbergbrüder aufgehängt habe, hängt mit der zweiten Gruppe der Deutschen zusammen, die sich im Laufe des Jahres 2013 mit mir solidarisiert haben und die 2013 an meinem Leben und an meinen Gedankengängen Anteil genommen haben.

18. November 2016

Heute gehe ich zu meinem Zuverdienst in ein Cafe in der Erich Weinert Straße, das von Prenzlkomm organisiert wird. Hier arbeite ich jeden Freitagvormittag. Das heißt viel gibt es hier eigentlich nicht zu tun. Ich arbeite am Tresen, d.h. ich nehme Bestellungen entgegen und mache die Getränke, während ich die Essensbestellungen an die Küche weitergebe.

Zuverdienste sind Arbeitsstellen, die psychisch Kranken die Möglichkeit eröffnen etwas zu tun. Dabei geht es darum überhaupt irgendetwas 'Normales' zu tun zu haben. Entsprechend gering sind die Aufwandsentschädigungen, denn es gibt einen Stundenlohn, der in der Regel bei ein bis zwei Euro die Stunde liegt.

Meistens ist nicht viel los und ich nutze die Zeit, wenn keine Kundschaft da ist, um Zeitung zu lesen oder am Schachtisch eine Schachpartie nachzuspielen. Das macht wahrscheinlich auf die Mitarbeiter von Prenzlkomm nicht den besten Eindruck, denn zuletzt hieß es, dass die Leute von Prenzlkomm überlegen würden, was ich außer dem Thekendienst im Cafe noch machen könnte.

Den ganzen Vormittag habe ich einen Tagebucheintrag vom 1.6. 2013 im Kopf:

„Dein Vater hat dir dein ganzes Leben kaputt gemacht.“

„Wegen ihm kannst du keine Kinder mehr bekommen.“

Wenn ich daran denke, dass dies tatsächlich der Wahrheit entsprechen könnte und wieviel Macht der Verfassungsschutz in Deutschland offensichtlich hattte, abseits von Recht und Gesetz, eine Art Willkürjustiz auszuüben, wird mir schlecht. Seit meinen Geheimdiensterfahrungen ist mein Vertrauen in den Rechtsstaat empfindlich zerstört worden.

Ich hätte niemals für möglich gehalten, dass ich als Akademiker einmal so ein krasses Opfer einer Art Willkürjustiz werden könnte. Ich überlege wie ich das bezeichnen soll, was zuerst der Verfassungsschutz mit mir gemacht hat und später dann die Amerikaner fortgeführt haben. Mir fallen Begriffe ein wie 'Staatsterror' oder 'Staatsterrorismus'. In meinem Fall wurde, obwohl ich nichts Verbotenes gemacht habe, nicht nur der Rechtsstaat außer Kraft gesetzt, sondern auch jedes Recht auf Gerechtigkeit.

Ich hoffe wirklich, dass der Verfassungsschutz irgendwann einmal zugeben kann bzw. zugeben darf, was er mir alles angetan hat. Ich bin überzeugt, dass in meinem Fall, die in der Verfassung garantierten Grundrechte in der denkbar krassesten Weise verletzt wurden.

Geheimdienste sollten nicht einfach machen dürfen, was sie wollen. Es muss eine Möglichkeit parlamentarischer Kontrolle geben. Gerade dann, wenn die in der Verfassung garantierten Grund- und Freiheitsrechte betroffen sind.

Um eins habe ich Schluß und ich fahre zum Alexanderplatz. Dort nehme ich mein Mittagessen im Cafe 'Wandel' ein. Das Mittagessen kostet hier um die vier Euro, es schmeckt gut und ich schätze hier das Gefühl Teil der normalen Welt zu sein. Teil einer Welt, die in Ordnung ist.

Heute denke ich, wenn man erlebt hat, was ich seit 2012 erlebt habe, dann ist die Welt einfach nicht mehr 'in Ordnung'.

Jetzt ist es schon wieder 19 Uhr und ich denke mir, dass ich hier in diesem Buch den Versuch unternehme, gegen eine Welt, die nicht in Ordnung ist, anzuschreiben.

Eigentlich wollte ich um 19 Uhr schon einige Eröffnungen in meinem Notizblock aufgeschrieben haben, die ich heute Abend in meinem Schachverein diskutieren möchte. Nun gut – dann werde ich halt erst gegen 20 Uhr zum Clubabend fahren.

21. November 2016

Am Wochenende war ich bei meinen Eltern in Fürstenberg.

Es ist das erste Mal in fast drei Jahren, dass ich am Samstagmorgen einen Zug später komme, weil ich den Zug um 7.51 Uhr verpaßt habe. Normalerweise fahre ich so früh los, dass ich auch noch mit der nachfolgenden Tram, rechtzeitig meine S Bahn zum Bahnhof Gesundbrunnen erreiche. Doch heute fährt mir die S Bahn vor der Nase weg.

Ich besuche meine Eltern regelmäßig jedes zweite Wochenende. Ich mag hier auch das Gefühl von Normalität. Raus aus der Psycho WG. Raus aus dem Alleinsein.

In der Regel machen wir am Vormittag einen Spaziergang und nach dem Mittagessen spielen wir.

Am Samstagabend gucken wir die Fußball Bundesliga und einen Samstagabendfilm. Oft lege ich mich am Samstag nach dem Frühstück kurz hin, weil ich so früh aufgestanden bin. Doch an diesem Samstag klebe ich die Bilder der unterschiedlichen Einheiten auf die

Plastikfiguren des Stratego, das mein Vater bei Amazon gekauft hat.

Das letzte Mal, als ich bei meinen Eltern war, habe ich so begeistert von dem Spiel erzählt, dass mein Vater sich entschlossen hat, selbst ein Stratego zu kaufen. Nach dem Mittagessen spielen mein Vater und ich eine Partie, die ich gewinne.

Am Sonntagnachmittag spielen wir unser Straßenspiel. So nennen wir ein Spiel, das wir selbst erfunden haben und das ähnlich ist wie Monopoly nur variantenreicher.

Heute ist Montag. Ich gehe in die BTS nach Buch. Am Vormittag ist Kochgruppe. Es gibt geschmorten Kohl mit Kartoffeln und Hackfleisch. Nachdem wir Kartoffel und Kohl geschnippelt haben, ist immer noch etwas mehr als eine Stunde Zeit. Um nicht doof rumzusitzen, lege ich mich hin.

Am Nachmittag lesen wir die Känguru - Chroniken von Marc Uwe Kling. Das haben wir zwar schon einmal gelesen. Aber das ist schon so lange her, dass sich kaum noch Jemand daran erinnern kann. Die Geschichten über das vorlaute Beuteltier sind sehr amüsant.

Nach der Literaturgruppe fahre ich zur KBS. Die Praktikantin hat zu ihrem Abschied einen Kuchen gebacken.

Am Abend lese ich in meinen Tagebucheintrag vom 24. April 2013:

'Wichtige Grund- und Menschenrechte:
- *Recht auf Unversehrtheit der Person.*
- *Recht auf freie Entfaltung der Persönlichkeit.*
- *Recht auf Freiheit der Gedanken.*
- *Recht auf Kommunikation.*
- *Recht auf Anhörung durch ein unabhängiges Gericht.*
- *Recht auf einen Anwalt.*
- *Recht auf die eigene religiöse Überzeugung.'*

Die Stimmen, die sich als Verfassungsschützer geoutet haben, kommentierten:
„Wir lieben dich, Alex."
„Du bist unser Held."

Einige Tage später am 27.4.2013 heißt es:
„Wir haben dich dein Leben lang behindert."
„Dabei hast du gar nichts getan."

Ich schlage im Internet die Artikel der Allgemeinen Erklärung der Menschenrechte nach:

Artikel 5 (Verbot der Folter)

Niemand darf der Folter oder grausamer, unmenschlicher oder erniedrigender Behandlung oder Strafe unterworfen werden.

Artikel 6 (Anerkennung als Rechtsperson)

Jeder hat das Recht, überall als rechtsfähig anerkannt zu werden.

Artikel 8 (Anspruch auf Rechtsschutz)

Jeder hat Anspruch auf einen wirksamen Rechtsbehelf bei den zuständigen innerstaatlichen Gerichten gegen Handlungen, durch die seine ihm nach der Verfassung oder nach dem Gesetz zustehenden Grundrechte verletzt werden.

Artikel 10 (Anspruch auf faires Gerichtsverfahren)

Jeder hat bei der Feststellung seiner Rechte und Pflichten sowie bei einer gegen ihn erhobenen strafrechtlichen Beschuldigung in voller Gleichheit Anspruch auf ein gerechtes und öffentliches Verfahren vor einem unabhängigen und unparteiischen Gericht.

Artikel 11 (Unschuldsvermutung)

1. Jeder, der wegen einer strafbaren Handlung beschuldigt wird, hat das Recht, als unschuldig zu gelten, solange seine Schuld nicht in einem öffentlichen Verfahren, in dem er alle für seine Verteidigung notwendigen Garantien gehabt hat, gemäß dem Gesetz nachgewiesen ist.

Artikel 12 (Freiheitssphäre des Einzelnen)

Niemand darf willkürlichen Eingriffen in sein Privatleben, seine Familie, seine Wohnung und seinen Schriftverkehr oder Beeinträchtigungen seiner Ehre und seines Rufes ausgesetzt werden. Jeder hat Anspruch auf rechtlichen Schutz gegen solche Eingriffe oder Beeinträchtigungen.

Artikel 16 (Eheschließung, Familie)

1. Heiratsfähige Frauen und Männer haben ohne Beschränkung auf Grund der Rasse, der Staatsangehörigkeit oder der Religion das Recht zu heiraten und eine Familie zu gründen.

„Dein Vater war ein Idiot."

Ich erinnere mich:
„Dein Vater hat dir alles genommen, was du dir je aufgebaut hast."
„Du wurdest Opfer eines Eifersuchtsdramas."
„Dein Vater und der Verfassungsschutz haben deine Freundinnen vergrault."
„Es tut uns leid der Mist, den wir deinen Freundinnen erzählt haben."

22. November 2016

Wir haben Dienstag und ich fahre in die KBS zur Kochgruppe. Heute geht auch das Internet wieder.

Ich spiele einige Schachpartien im Netz.

Zum Mittagessen gibt es heute Enteneintopf. Nach dem Mittagessen fahre ich wieder in meine WG und lege mich kurz hin. Am Nachmittag installiere ich Civilization V auf dem Computer in unserem Wohnzimmer. Gestern habe ich meinen Mitbewohner gefragt, ob ich Civilization installieren darf.

Schon seit Langem ist Sid Meier`s Civilization eines meiner Lieblingsspiele und ich habe es schon lange nicht mehr gespielt. Ich freue mich vor allem darauf es mal wieder online gegen menschliche Gegner zu spielen.

Ich lese in meinem Tagebuch.

Am 27.4.2013 formulierte ich:

‚Ich weiß nicht, wieviel Wahrheit von mir in der Außenwelt vorliegt. Ich hoffe viel und, dass sie Kreise ziehen kann.‘

Ich erinnere mich, dass mein Freund Florian einmal sagte, dass jede Wahrheit so wertvoll sei, dass sie von zwei Lügen bewacht werden müsse.

Am 29.4.2013 schreibe ich in einer Reflexion mit der Überschrift *‚Dunkle Beschatter‘*, dass es womöglich im 21. Jahrhundert Menschen gibt, die für staatliche Apparate arbeiten und eine Macht ausüben, die an die dunkelste Zeit deutscher Regime erinnert. Nur eben mit modernen Mitteln.

Eine Stimme kommentierte:

"Tut mir wirklich leid."

„Der Verfassungsschutz hat - aus Versehen - einen Helden aus dir gemacht."

Am 1.5.2013 lese ich:
„Für uns bist du ein Held."
„Du bist aber der Arsch der Welt."

Und am 3.5.2013:
„Dein Vater hat dir dein Leben kaputt gemacht."
„Du bist ein Verfassungsschutzopfer geworden."
„Hast du dich nie gefragt, warum du so viel Pech hatttest?"

Ich formuliere am 3.5.2013 die Hoffnung:

- **In meiner Welt gibt es Wahrheit, die heilt.**
- **In meiner Welt gibt es Liebe, die heilt.**
- **In meiner Welt gibt es gute Musik und Tanzen.**

Einen Tag später formuliere ich die Befürchtung, dass mein Schicksal nicht mehr in meiner Hand liegen könnte. Ich lese außerdem*: ‚Krass bleibt die Vermutung, dass ich – ein Akademiker mit Hochschulabschluß in zwei Fächern - geplättet […] worden sein könnte. Es bleibt die Vermutung, dass mir - in sehr krasser Weise – Freiheitsrechte entzogen wurden!'*

23. November 2016
Wir haben Mittwoch und ich überrede mich aufzustehen und ein Leben zu leben, dass mir seit 2014 mehr wie ein 'Absitzen' vorkommt. In manchen Emails an meine Freunde habe ich dieses Leben daher auch als eine Art Haft bezeichnet. Ich besuche irgendwelche

Gruppen, die mir oft wie Gefängnisbeschäftigungen vorkommen. Das Recht auf eigene Berufswahl hat mir der Verfassungsschutz genommen und jetzt besuche ich irgendwelche Gruppen, um die Zeit rumzubringen. Das Recht auf ein selbstbestimmtes Leben wurde mir genommen. Und das in ziemlich krasser Weise.
Ich erinnere mich:

„Wir haben dir deine berufliche Karriere kaputt gemacht."

„Dein Professor wollte einen Professor aus dir machen. Er hatte sogar schon einen Zeitplan."

„Es tut uns leid, was wir gemacht haben."

Heute Vormittag ist Gesprächsgruppe und wir reden über die behinderte Tochter einer Teilnehmerin. Es fällt mir schwer, mir vorzustellen, wie es ist ein geistig und körperlich behindertes Kind zu haben.
Am Nachmittag fällt die Gartengruppe aus. Ich gehe in die Ergo Gruppe. Hier werden heute Weihnachtskarten gebastelt.

Am späten Nachmittag arbeite ich an diesem Buch und ich probiere Civilization V aus. Mein WG Nachbar hat mir erlaubt, das Spiel auf seinem PC im Wohnzimmer zu installieren. Ich bin jedoch enttäuscht. Da haben mir die Vorgängerversionen mehr Spaß gemacht.

28. November 2016

Wir haben schon wieder Montag. Beim Aufstehen kommt mir in den Sinn, dass der Verfassungsschutz mir mein Leben total versaut hat, obwohl ich nichts

Verbotenes gemacht habe und, dass ich heute wieder zu irgendwelchen schwachsinnigen Betätigungen gehen werde, um die Zeit abzusitzen. Draußen ist es schon ziemlich kalt geworden. Ich fahre nach Buch in die Tagesstätte. Auf der Fahrt sehe ich eine attraktive Frau. Ich vermisse eine echte Beziehung und ich vermisse realen Sex.

Gestern habe ich Schach gespielt. Wir hatten einen Mannschaftswettkampf in Reinickendorf. Bei einem Mannschaftswettkampf spielen jeweils acht Spieler gegeneinander. Obwohl mein Gegner, ein besseres Rating hatte, habe ich mir nach etwa drei Stunden eine eindeutige Gewinnstellung erkämpft. Doch im 39. Zug habe ich dann einen dummen Fehler gemacht, der mich eine Figur und die Partie kostete. Da ich nicht mehr viel Zeit hatte, hätte ich nur einfache und sichere Züge spielen sollen. Ab dem 40. Zug hätte ich dann wieder genug Zeit gehabt, um die Partie zu einem positiven Ende zu führen Es ist sehr ärgerlich, wenn man durch einen doofen Fehler eine Partie verliert. Im Mannschaftswettkampf sollte mir so etwas eigentlich nicht passieren.

Nach dem Frühstück lese ich Zeitung. Dann helfe ich in der Kochgruppe Gemüse zu schnippeln. Heute gibt es Geschnetzeltes mit Reis und Krautsalat. Vor dem Mittagessen gibt es mal wieder nichts zu tun und ich lege mich, da ich nichts Besseres zu tun habe, in den Ruheraum.

Nach dem Mittagessen habe ich eine halbe Stunde für einen kurzen Mittagsschlaf. Dann beginnt die Literaturgruppe. Wir lesen wieder in den Känguru - Chroniken.

Kurz vor drei gehe ich zur S Bahn . Ich gönne mir noch zwei Quarkbällchen. Und dann geht es zurück nach Pankow. Mir gegenüber sitzt ein anderer Nutzer der Tagesstätte. Ich weiß nicht wirklich, worüber ich mich mit ihm unterhalten könnte. Unsere Beschäftigungen haben nichts, was ich wirklich interessant finden würde. In Pankow angekommen gehe ich sofort in die BTS. Dort gibt es Kaffee und Stollen für je 30 Cent. Ich hole mir eine Tasse Kaffee und ein Stück Stollen und setze mich an den Rechner.

Mich interessiert die Schach WM, die in diesem Jahr in New York ausgetragen wird. Mal sehen, was die beiden Großmeister gespielt haben. Ich gehe auf Chess 24. Die Züge kann ich nachvollziehen. Es ist nichts wirklich Besonderes dabei.

Ich analysiere meine Partie von Sonntag. Dabei stelle ich fest, dass eine Eröffnungsidee, die ich als gute Alternative vermutet habe, ein Fehler gewesen wäre. Ich habe mir erst wenige Züge angeschaut, als ich unterbrochen werde. Ein anderer Nutzer möchte auch noch ins Internet.

Ich mache Schluß und fahre heim. Es ist fünf Uhr und ich möchte noch was einkaufen gehen.

In der WG angekommen, sehe ich, dass mein Mitbewohner das Internet nutzt und ich hier nicht auf Chess24 gehen kann, um meine Analyse fortzusetzen. Das ist aber auch nicht weiter schlimm. Ich lese in meinem Eröffnungsbuch nach, welche Züge die Meister vorschlagen und dann setze ich mich an Open Office, um mein Buch fortzusetzen.

Jetzt ist es schon kurz vor acht. Um 20.15 Uhr kommt ein Tatort in RBB.

29. November 2016

Heute treffe ich um kurz vor zehn eine Via Mitarbeiterin. Es steht nichts Wichtiges an und ich gehe gleich weiter zur Kochgruppe in die KBS. Der Raum, in dem der Computer steht, wird heute von einem KBS Mitarbeiter für ein Gespräch benutzt. Ich helfe kurz beim Schälen der Kartoffeln und dann gehe ich ins Internetcafe, um eine Partie Stratego zu spielen.

Um 12.30 Uhr bin ich wieder zurück. Es gibt heute Verlorene Eier mit Salat. Nach dem Essen spüle ich die Töpfe ab und dann setze ich mich an den PC, um auf Chess24, meine Partie zu Ende zu analysieren. Ich finde heraus, dass ich bereits im 19. Zug eine klare Gewinnabwicklung gehabt hätte. Um 15 Uhr kommen die Mitarbeiter der BTS zu einer Supervisionsveranstaltung und ich verlasse die KBS.

Am Nachmittag spiele ich wieder einige Partien Stratego im Netz. Jetzt ist es irgendwie zu spät fürs Tagebuchschreiben. Ich schaue mir auf Chess 24 die kommentierten letzten beiden WM Partien an.

Ich lese in meinen Tagebüchern von 2013 und erinnere mich:

„Du hast nichts Verbotenes gemacht und nichts Schlimmes."

Ich lese in meinem Tagebuch vom Mai 2013:

‚Die Wahrheit ist dem Menschen zumutbar (Ingeborg Bachmann)'

Am 10.5. 2013 heißt es:

„Es tut uns leid, dass wir einen Streber aus dir gemacht haben."

„Was sollen wir dir erzählen?"

„Dass wir dir deine Welt kaputt gemacht haben?"

„Der Verfassungsschutz hat -aus Versehen - einen Helden aus dir gemacht."

1. Dezember 2016

Heute stehe ich eine halbe Stunde früher auf, um mir noch ein Berlin Ticket für den Monat Dezember zu kaufen. Dann fahre ich zur BTS in Pankow. Heute ist Ausflugstag und mein Vorschlag, ins Deutsche Historische Museum zu gehen, hat gewonnen.

Wir fahren heute also zur Ausstellung 'Deutscher Kolonialismus' ins Deutsche Historische Museum.

Während der Fahrt werden wir kontrolliert und ich bin froh, dass ich mir heute früh das Ticket für Dezember geholt habe.

Der deutsche Kolonialismus ist ein Thema, das im deutschen Geschichtsbewußtsein wenig vorkommt. Im Fernsehen sieht man zu allen möglichen Zeiten Dokumentationen. Aber ich kann mich nicht erinnern, schon einmal eine Doku zum deutschen Kolonialismus gesehen zu haben.

Auch während meines Studiums kann ich mich an keine Veranstaltung erinnern, die sich mit dem deutschen Kolonialismus beschäftigt hat.

Die Zeit geht schnell rum. Gegen zwei Uhr bin ich in meiner WG. Ich kann mich nochmal hinlegen, bevor ich mich mit einer Via Mitarbeiterin treffe.

Mir kommt in den Sinn, dass ich einen guten Beruf und Familie haben könnte und ich hadere mit meinem Schicksal. Ich will nicht ein Leben als Geheimdienstopfer führen müssen. Soll ich Frau Liebling erzählen, dass ich frustrierend finde, dass der Verfassungsschutz nicht zugeben kann, dass er für die Stimmen verantwortlich ist, die ich gehört habe? Ich entscheide mich dagegen. Sie würde mir sowieso nicht glauben, dass meine Stimmen echte Menschen waren. Ich frage mich mal wieder, wie ich das Phänomen 'Authentizität' am besten beschreiben könnte.

Vom Sozialgericht kam ein Brief, in dem das Aktenzeichen unter dem die Klage gegen die Rentenversicherung geführt wird, bekannt gegeben wurde. Wir faxen den Brief an meinen Rechtsanwalt.

Anschließend fahre ich zu meiner Hausärztin nach Prenzlauer Berg. Es ist wieder einmal Zeit, sich Vitamin B12 spritzen zu lassen.

Im Sommer hatte ich sehr schlechte Blutwerte. Dabei wurde festgestellt, dass mein Körper -aufgrund einer Autoimmunerkrankung- kein Vitamin B12 transportieren kann. Seitdem muss ich mir das Vitamin B12 spritzen lassen. Ich gehe noch nen Kaffee trinken und nen Kuchen essen. Auf der Rückfahrt treffe ich in der Tram auf eine sehr sympathische Frau. Ich denke mir, dass ein ganz wichtiger Bereich des Lebens brach liegt.

Ich wollte niemals alleine durchs Leben gehen müssen. Die doofen Geheimdienste haben mir die grundlegendsten Freiheitsrechte genommen.

Ich erinnere mich wieder:

„Du hast nichts Verbotenes getan."

Ich frage mich, was ist ein Rechtsstaat für ein Rechtsstaat, wenn er einen Geheimdienst hat, der eine krasse Willkürjustiz ausüben darf. Ich erinnere mich, dass ich die Verfassungsschützer 2013 gefragt habe, ob ein Rechtsstaat noch ein Rechtsstaat ist, wenn er ein offffensichtliches Unrecht duldet.

Ich erinnere mich:

„Tut uns leid, dass wir nach Amerika gegangen sind."
„Die Amerikaner sind Nazis."

Am Abend analysiere ich noch ein paar Eröffnungsvarianten auf chess24. Es wird sehr schnell sehr spät. Schließlich habe ich Probleme einzuschlafen. Vielleicht bin ich irgendwie über den Müdigkeitspunkt hinaus.

2. Dezember 2016

Ich habe wenig geschlafen und bin nicht besonders gut drauf. Auf den Zuverdienst habe ich heute gar keinen Bock. Ich rufe im Cafe an und sage meinen Dienst ab. Das ist nicht so schlimm, da es Freitags sowieso immer zwei Leute gibt, die am Tresen Dienst haben.

Ich analysiere einige Schachvarianten. Die Zeit geht schnell rum. Gegen eins fahre ich zum Cafe ‚Wandel', wo ich jeden Freitag Mittagessen gehe.

Nach dem Essen gehe ich zu meinem Friseur in Pankow. Ich möchte heute Abend zur Weihnachtsfeier meines Schachvereins nicht ganz so heruntergekommen aussehen.

Da alles voll ist, gehe ich noch schnell ins Interentcafe um die Ecke und zocke ne Partie Stratego. Anschließend komme ich nach wenigen Minuten dran. Waschen, schneiden und föhnen für 12 Euro. Das ist ok.

Jetzt ist es schon später Nachmittag. Eigentlich wollte ich ja heute Tagebuch schreiben. Aber nach ein paar Schachanalysen und nachdem ich noch kurz an diesem Buch gearbeitet habe, ist es schon Zeit zur Weihnachtsfeier zu fahren. Wegen eines Autounfalls steht die Tram ewig in Pankow herum und mir wird klar, dass ich nicht mehr pünktlich sein werde. Ich komme jedoch noch rechtzeitig zum Abendessen. Es gibt für Jeden drei Fleischstücke, Kartoffel und Gemüse. Die Gespräche finde ich wenig spannend. Aber das Essen ist ok. Für 15 Euro gibt es ein Hauptgericht mit einem Getränk und am späteren Abend noch ein kaltes Buffet.

Nach dem Abendessen gibt es einen Preisskat über zwei Runden. Ich lande im Mittelfeld und gewinne einen Sekt. Den werde ich wohl an Sylvester trinken. Wenn ich genügend Geld hätte, würde ich über Sylvester zu einem Freund fahren. Aber ich bin arm und das wenige Geld, das ich habe, möchte ich für eine Reise mit meinen Eltern nach Portugal im nächsten Jahr sparen. Es wird 2 Uhr bis ich wieder in meiner WG in Pankow bin.

5. Dezember 2016

Am Wochenende war ich wieder bei meinen Eltern. Wir haben viele Spiele gemacht, Fußballbundesliga angeschaut und gut gegessen.

Seit ich Psychotiker bin sind meine Eltern immer sehr liebenswürdig.

Ich erinnere mich:

„Als du dein Leben in den Griff bekommen hast und eine schöne Freundin hattest, ist dein Vater durchgedreht und hat alle verrückt gemacht."

Und: *„Dein Vater ist dafür verantwortlich, dass du eine Psychose hast."*

Ich denke mir, dass mein Vater nicht der einzige eifersüchtige Vater ist und, dass der unfähige Verfassungsschutz dafür verantwortlich ist, dass ich 2012 Stimmen gehört habe und deshalb eine Psychose habe.

Ich erinnere mich:

„Du hast nichts Verbotenes gemacht und nichts Schlimmes."

Ich denke mir, dass der 'Verfassungsschutz' meine Grundrechte aufgrund von übler Nachrede und Mutmaßungen, obwohl ich überhaupt nichts Verbotenes gemacht habe, in krassester Weise verletzt hat. Ich frage mich, was nutzt eigentlich eine Erklärung der Menschenrechte, wenn Geheimdienste machen dürfen, was sie wollen.

Die Fahrt zurück nach Berlin war dieses Mal eine schlimme Odysee. Ab Oranienburg musste ich S Bahn fahren. Die S Bahn fuhr jedoch in Waidmannslust plötzlich nicht mehr weiter. Auch die nachfolgende S Bahn endete in Waidmannslust. Ich beschloss schließlich mit dem Taxi eine Station weiter zu fahren, um ab hier die U 8 zu benutzen. Auf das Taxi habe ich eine gefühlte Ewigkeit gewartet und dann hieß es plötzlich, dass das Taxi schon voll sei. Und das, obwohl mir der Mann, der das Taxi bestellte, gesagt hat, dass ich mitfahren könne. Ich wartete also nochmal eine halbe Ewigkeit bis das nächste Taxi kam. Das Geld fürs Taxi teilte ich mir mit einer anderen Frau, die auch zur U 8 wollte. In der U Bahnstation angekommen, musste ich feststellen , dass die U 8 nach Wittenau auch nicht fährt.

Ich beschloß also den Bus nach Rosenthal Nord zu nehmen, um ab hier mit der M1 nach Pankow zu gelangen. Normal bin ich immer gegen halb acht zu Hause. Dieses Mal war es zwei Stunden später.

Heute früh fahre ich nicht in die BTS nach Buch , sondern nach Pankow in die Siegfriedstraße.
Dort betreuen uns heute die Mitarbeiter der KBS Pankow, weil die BTS Mitarbeiter eine Weiterbildung in Buch machen.
Es werden unterschiedliche Gruppen angeboten. Ich gehe in die Vorlesegruppe von Dr. Vogel. Es werden sehr kurze Geschichten von Elke Heidenreich vorgelesen. Die Zeit geht schnell rum. Es gibt heute Kartoffelsuppe mit Würstchen. Ich lege mich kurz hin und um halbzwei wird heute schon geschlossen.
In der WG lege ich mich wieder kurz hin. Aber ich ärgere mich nur über den Verfassungsschutz und ich ärgere mich, dass der Verfassungsschutz nicht die Verantwortung übernehmen kann für das, was er mir angetan hat und für die Stimmen, die ich 2012 und 2013 gehört habe.
Ich analysiere eine Schachvariante und schnell ist es 16 Uhr. Ich beschließe noch in die KBS zu fahren, um etwas unter Menschen zu kommen. Die älteren Damen, mit denen ich hier Romme spiele, sind zwar auch nicht meine Welt. Aber es ist wie mit den Nutzern der BTS. Es ist besser als Alleinsein.
Sehnsüchtig erinnere ich mich an die Zeit in Heidelberg zurück als ich viele Freunde und Bekannte hatte und wir viele spannende und lustige Themen teilten.

Auch mit der Waldorffrau Lucia hatte ich schöne Themen. Mit Lucia war ich 2012 zusammen. Lucia war
der Anthroposophie zugetan und eine Anhängerin
von Rudolf Steiner. Sie arbeitete für die Freunde der
Erziehungskunst von Rudolf Steiner in Berlin. Ihre
Sicht der Welt war spannend und voller Magie. Sie
war eine große Liebe.

Anscheinend freute sich mein Vater 2012 nicht darüber, dass ich mein Leben in den Griff bekommen
habe und eine schöne Freundin hatte, sondern drehte
durch und der Verfassungsschutz ließ sich – wie schon
zuvor- von einem eifersüchtigen Vater 'vor den Karren
spannen'.

Ich erinnere mich:

*„Dein Vater und der Verfassungsschutz haben deine
Freundinnen vergrault."*

Und:

„Wir haben dir deine Gefühle nicht abgenommen"
„Tut uns leid."

Wie krass ist das denn! Seit wann entscheidet in
Deutschland der Verfassungsschutz darüber, ob Jemand echte Gefühle hat oder nicht. Je mehr ich darüber nachdenke, was der Verfassungsschutz in meinem Fall gemacht hat, um so mehr ärgere ich mich.

Zwar habe ich in meinem Tagebuch immer wieder notiert, dass Wahrheit heilt und, dass ich hoffe, dass die
Wahrheit Kreise zieht. Aber heute denke ich oft, dass
die Wahrheit furchtbar, erschreckend und frustrierend sein kann und, dass die Geheimdienste die
Wahrheit über mich und mein Schicksal nicht ans
Licht kommen lassen wollen.

Ich erinnere mich, dass ich den Deutschen, mit denen ich es 2013 zu tun habe, gesagt habe:

'Jede Lüge tötet einen Teil der Welt'.

Genau genommen habe ich es gedacht. Denn relativ schnell habe ich vermutet und dann auch festgestellt, dass die Stimmen wissen, was ich denke.

Ich weiß nicht mehr, wo ich diesen Satz aufgeschnappt habe. Aber ich weiß, dass ich von diesem Satz sehr beeindruckt war. Auch heute noch bin ich davon überzeugt, dass jede Lüge einen Teil der Welt tötet.

Ich hoffe sehr, dass irgendwann die Wahrheit über mich und mein Schicksal rauskommt und, dass irgendwann die Geheimdienste in Rechtsstaaten einer effektiven parlamentarischen Kontrolle unterliegen werden.

Am Abend schaue ich fernseh. Arte. Ein Film handelt vom Schicksal eines jüdischen Jungen während der Naziherrschaft. Und der andere Film vom jugoslawischen Bürgerkrieg in den 90er Jahren des 20. Jahrhunderts. Beide Filme zeigen, dass es auch unter widrigen Umständen Menschen gab, die Zivilcourage hattten. Im zweiten Film muss ein Soldat, der für einen muslimischen Zivilisten eintritt, sogar mit seinem Leben dafür bezahlen. Ich erinnere mich , dass sein Vater in dem Film sagte, dass er Angst habe, dass Jemand etwas Gutes tut und dies keine Kreise ziehen könnte.

Ich hoffe, dass die Wahrheit über das Handeln des deutschen und des amerikanischen Geheimdienstes, die ich hier aufschreibe, auch irgendwann einmal Kreise ziehen wird.

Ein moderner Rechtsstaat muss die Wahrheit aushalten können und Konsequenzen ziehen, die das Handeln der Geheimdienste zumindest einer effektiven parlamentarischen Kontrolle unterwerfen.

6. Dezember 2016

Am Morgen fahre ich in die KBS zur Kochgruppe. Das Internet funktioniert und ich spiele eine Schachpartie auf Chess24, die ich im Anschluß auch gleich analysiere.

Heute gibt es einen Weiße - Bohnen - Eintopf. Der schmeckt sehr lecker. Ich nehme mir heute zweimal nach. Essen ist zu einem wichtigen Teil meines Lebens geworden.

Heute gibt es nichts abzuwaschen. Ich beende die Analyse meiner Schachpartie und um zwei fahre ich heim. Ich lege mich kurz hin. Aber ich denke über den Rechtsstaat nach und darüber, dass ich meinen Schülerinnen und Schülern beigebracht habe, dass es in Deutschland ein Recht gibt, dass für alle gilt. Dass der Verfassungsschutz in Deutschland eine so krasse 'Willkürjustiz' ausüben könnte, wie es in meinem Fall geschehen ist, hätte ich niemals für möglich gehalten. Ich ärgere mich, dass der Verfassungsschutz meine Grundrechte in so krasser und unverantwortlicher Weise verletzt hat und ich frage mich, was mein Vater denn dem Verfassungsschutz erzählt haben könnte. Ich erinnere mich:

„Wir dachten wir müssten die Frauen vor dir beschützen.“

Ich lese in meinem Tagebuch am 16. Juni 2013 den Eintrag:

„Dein Vater hat uns krassen Mist erzählt."
„Du konntest dich nicht wehren."

Dass ich als Akademiker, der fast fünf Jahre als Lehrer gearbeitet hat und nichts Verbotenes gemacht hat, so leicht ein krasses Geheimdienstopfer werden könnte, hätte ich bis 2013 niemals für möglich gehalten.

Ich schreibe an meinem Buch und die Zeit vergeht mal wieder sehr schnell.

Am späten Abend spiele ich Stratego und Schach im Internet. Ich lenke mich ab. Meine grundlegenden Ziele wurden mir kaputt gemacht. Die Bereiche des Lebens, die ich für am wichtigsten halte, sind mir weggebrochen.

8. Dezember 2016

Heute findet kein Ausflug statt, da heute zu wenig Betreuer da sind. Statt dessen schmücken einige der Nutzer den Weihnachtsbaum und Andere backen Plätzchen.

Ich helfe beim Vorbereiten des Mittagessens. Wir schälen Kartoffeln. Es gibt heute Königsberger Klöße mit Kartoffeln und einer Kapernsauce. Nach dem Schälen der Kartoffeln halte ich ein kurzes Nickerchen auf der Couch. Gestern habe ich noch sehr lange eine Schachpartie analysiert und bin spät ins Bett gekommen.

Rene kommt auf mich zu. Er hat mit einem der Betreuer ausgerechnet, wieviel eine Wanderung an der italienischen Amalfiküste kosten würde.

Rene kam auf die Idee, dass wir an der Amalfiküste wandern könnten, als wir an einem der letzten Ausflugstage in einer Gemäldegalerie waren und uns dort einige Bilder der italienischen Amalfiküste von bekannten deutschen Romantikern angeschaut haben.

Der Flug und die Übernachtungen würden im Mai 2017 wohl um die 380 Euro kosten.

Ich sage ihm, dass ich bis dahin keine 380 Euro ansparen kann. Bis ich 380 Euro angespart habe brauche ich mindestens noch ein Jahr. Und dabei habe ich die finanziellen Zuwendungen von meinem Onkel mit eingerechnet.

Nach dem Mittagessen helfe ich beim Ausstechen der Plätzchen. Der Teig schmeckt besser als die fertigen Plätzchen.

Am Nachmittag wollte ich eigentlich in ein Softwaregeschäft gehen, um zu schauen, ob ich Civilization V verkaufen kann und dafür ein Civilization III kaufen kann. Aber ich bin in die Analyse einer Schachvariante vertieft.

In meinem Tagebuch vom Mai 2013 lese ich davon, dass ich regelmäßig Tango tanzen gegangen bin. Ich erinnere mich, dass die Stimmen dies kommentierten:

„Du gehst Tango tanzen."
„Das ist peinlich."

9.   Dezember 2016

Heute Vormittag gehe ich zu meinem Zuverdienst in das Cafe in der Erich Weinert Straße.

Ich räume die Bierflaschen aus der Kühlanlage, um die Abflußrinne zu reinigen. Anschließend lese ich Zeitung und am Schachtisch spiele ich eine Schachpartie nach.

Eine neue Mitarbeiterin stellt sich vor. Eine attraktive Frau. Wiedermal denke ich, dass mir der wichtigste Teil des Lebens weggebrochen ist.

Hoffentlich erinnern sich die Deutschen, mit denen ich 2013 zu tun hatte, daran, dass ich nichts Verbotenes gemacht habe und nichts Schlimmes. Hoffentlich kommt die Wahrheit irgendwann einmal raus.

Zum Mittagessen gehe ich - wie immer Freitags – ins Cafe ‚Wandel'.

Nach dem Essen gehe ich heute in das Second Hand Kaufhaus am Alex. Ich suche einen Pulli. Aber ich finde keinen in meiner Größe. Ich betrachte mich im Spiegel und denke mir: Ein schöner Mann. Schließlich kaufe ich eine Hose für 15 Euro. Die Hose ist etwas zu lang. Ich werde meine Mutter fragen, ob sie mir die Hose kürzen kann.

Am Nachmittag schreibe ich mir ein paar Schachvarianten auf.

Um 19.30 fahre ich zum Spielabend meines Schachvereins. Mein Freund Ilja ruft an. Er fragt mich wie es mir geht. Er hält es für richtig, dass ich gegen die Rentenversicherung beim Sozialgericht klage und er freut sich, dass ich stabil bin.

Ilja hat einen Bruder, der Stimmenhörer ist. Für Ilja ist klar, dass die Stimmen Teil einer Krankheit sind. Wie soll ich ihm nur klar machen, dass meine Stimmen echte Menschen gewesen sind? Ich weiß nur, dass ich mir sicher bin, dass ich mit echten Menschen zu tun hatte.

Kurz sieht sich Uwe von der ersten Mannschaft die Eröffnung an, zu der ich eine Frage habe. Dann spiele ich ein paar Schnellpartien gegen sehr viel bessere

Spieler. Ich verliere natürlich. Aber ich habe einige neue Eröffnungsvarianten für die Analyse am PC.

10. Dezember 2016

Heute ist Samstag und ich schlafe aus. Es ist schon fast Mittag, als ich mein Frühstück beim Bäcker in der Schönhauser Allee einnehme. Die Zeit reicht noch für eine Partie Stratego im Internetcafe.

Dann muss ich los zur KBS. Heute Nachmittag wird ein gemeinsamer Gang zum Weihnachtsmarkt nach Spandau angeboten.

Der Weihnachtsmarkt ist schön. Besonders gut gefällt mir der mittelalterliche Teil des Marktes. Hier sitzen wir am Feuer und trinken Glühwein.

Ich muss daran denken, dass ich Familie haben könnte und einen guten Beruf.

Immer wieder hieß es 2013:

„Du könntest Familie haben.“

„Du könntest Professor sein.“

„Was für Möglichkeiten du hattest!“

Ich wollte zwar immer in die wissenschaftliche Arbeit gehen. Trotzdem halte ich es für schwierig, ein Professor zu werden. Aber eine Doktorarbeit hätte ich sicher geschafft und damit hätte ich bestimmt auch gute Voraussetzungen für einen guten Beruf gehabt.

Auf der Rückfahrt fühle ich mich ziemlich müde. Eigentlich wollte ich heute noch zu C&A, um dort nach einem passendem Pullover zu schauen. Aber ich will nur noch in mein Bett und fernseh schauen und früh einschlafen, um morgen fit zu sein. Ich lasse mich vom Fernseher berieseln und schlafe dabei ein.

11. Dezember 2016

Um zehn nach acht klingelt mein Handywecker. Ich überrede mich aufzustehen.

Nachdem ich mich frisch gemacht habe, fahre ich zu unserem Spiellokal. Wir spielen heute gegen die sechste Mannschaft von Eintracht Berlin. Ich habe einen Gegner, der zwar eine niedrigere Ratingzahl hat, als ich, aber in dieser Saison schon sehr viel besser gespielt hat. Das ist eine ziemlich undankbare Aufgabe. Unglücklicherweise habe ich auch noch Schwarz. Das bedeutet, dass ich weniger Einfluß auf die Eröffnung habe, die gespielt wird.

Mein Gegner spielt eine Eröffnung, die ich im vergangenen Jahr nie gewinnen konnte. Ich entscheide mich für eine Umgruppierung meiner Figuren, um eine Figur, die bei dieser Eröffnung immer sehr passiv steht, abtauschen zu können. Dann mache ich jedoch einen Fehler, der mir den Abtausch versaut. Anschließend unterschätze ich die Kontrolle der C Linie und lasse zu, dass mein Gegner über die C Linie in meine Stellung eindringt. Ein verheerender Fehler, denn das kostet mich einen Bauern. Mein Gegner nutzt den Mehrbauern und gewinnt die Partie. Lange sieht es so aus, als ob wir den Mannschaftskampf nicht gewinnen würden, sondern im besten Fall ein Unentschieden rausholen könnten. Doch glücklicherweise macht der gegnerische Spieler an Brett 1 einen Patzer, so dass wir doch noch gewinnen. Ich bin froh, dass wir - trotz meiner Niederlage – gewonnen haben.

Ich schaue mir noch einen Endspielkampf bei der ersten Mannschaft an.

Wenn es nach mir ginge, könnten wir alle zwei Wochen einen Mannschaftskampf haben. Aber es sind nur acht Partien im Jahr.

Es wird drei Uhr, als ich die S Bahnstation Greifswalder Straße erreiche. Hier hole ich mir bei Mc Donalds einen Cheeseburger und eine Tüte Pommes. In der WG setze ich mich gleich an den PC, um auf chess24, die heutige Eröffnungsvariante zu analysieren. In den meisten Abspielen, die ich finde, hat Weiß am Schluß eine bessere Stellung. Ich bekomme Zweifel, ob ich diese Eröffnung als Schwarzer weiter spielen soll.

Ich analysiere meine heutige Partie und finde heraus, dass ich einen für mich günstigen Figurenabtausch übersehen habe und, dass ich im 32. Zug auf der gegnerischen Grundlinie Gegenspiel gehabt hätte. Wieder einmal hätte ich mit Schwarz mindestens ein Remis rausholen können. Ich komme sehr spät ins Bett und ich gucke noch ein wenig fernseh, um nicht nur Schach im Kopf zu haben.

12. Dezember 2016

Wir haben Montag und wie jeden Montag fahre ich zur BTS nach Buch. Im Gepäck habe ich dieses Mal zwei Bücher über Schacheröffnungen.

Beim Frühstück sind fast alle Plätze besetzt. Ich kann mich gar nicht erinnern, dass wir schon einmal so viele Leute gewesen sind. Nach dem Frühstück zupfen wir im Vorgarten Salatblätter.

Dann decken wir den Tisch und anschließend würfeln wir den Schinkenspeck. Es gibt heute Nudeln mit einer Schinkensahnesauce.

Ich lese eines der Bücher über die Eröffnung, die ich gestern gespielt habe. Schnell ist Mittag.

Nach dem Mittagessen habe ich eine halbe Stunde für ein Mittagsschläfchen. Der Ruheraum ist besetzt. Ich hole mir eine Matte und ein Kissen und lege mich in einen der freien Räume.

Um halbzwei kommt Kira, die hübsche Ergotherapeutin und sagt, dass die Literaturgruppe anfangen würde. Ich hole mir einen Becher Kaffee und setze mich in den Ergoraum zu den Anderen. Wir lesen heute wieder in den Känguru - Chroniken.

Kurz nach halbdrei fahre ich wieder nach Pankow. Ich gehe heute nicht zur KBS zum Kartenspielen, denn ich möchte den Fragebogen des Sozialgerichtes fertigstellen und meinem Anwalt faxen. Ich gehe ins Via - Büro und faxe meinem Anwalt vier Seiten.

Dann bin ich wieder auf Chess24 und analysiere meine Partie vom Sonntag. Ich entdecke einen Angriffszug, der jede Menge Mattangriffe droht und für Weiß bei korrekter Verteidigung im besten Fall ein Unentschieden zuläßt. Ich fühle mich wieder wohl mit meiner Eröffnung.

Ich lese am 10.5. 2013:

„Aus dir ist - aus Versehen – ein Streber geworden."
„Das ist peinlich."

Die nächste Stimme findet sich am 19.5.2013:

„Es ist sowieso schon zu spät. Mach das Beste draus."

13. Dezember 2016

Gegen halbzehn bin ich im Via - Büro, um mich mit Herrn Böhme zu besprechen. Es steht nichts wirklich Wichtiges an und ich gehe weiter zur KBS.

Am schwarzen Brett hängt eine Ankündigung, dass es noch Karten für den Friedrichsstadtpalast für fünf Euro gibt. Sofort reserviere ich mir einen Platz. Die Karten sind erfahrungsgemäß immer sehr schnell vergriffen.

Heute gibt es Rouladen mit Kartoffeln oder mit Knödeln. Ich möchte beim Schälen der Kartoffeln helfen. Werde aber vertrieben. Also gehe ich ins Internet und spiele ein paar Schachpartien auf Chess24.

Das Mittagessen schmeckt hervorragend und ich mache mir meinen Teller nochmal voll.

Anschließend spiele ich nochmal Schach. Auf der Fahrt zurück habe ich Bauchschmerzen.

Ob ich zu viel gegessen habe?

In der WG angekommen lege ich mich zuerst einmal hin. Am Nachmittag will ich endlich wieder Tagebuch schreiben. Ich fahre in ein Cafe in der Schönhauser Allee. Ich habe heute keine Lust nach Friedrichshain zu fahren. Ich bestelle einen großen O Saft und schreibe einige wichtige Erlebnisse in mein Tagebuch. Es hat hier so viele schöne und interessant wirkende Frauen und ich darf nicht. Platon hatte schon recht. Ohne eine Frau ist ein Mann nur eine Hälfte. Nur zusammen sind ein Mann und eine Frau ein Ganzes. Ich kann hier natürlich nur von mir reden. So empfinde ich das eben.

Und gerade mein Schicksal muss es sein, ein Geheimdienstopfer zu sein. So ein mieses Schicksal hätte ich wirklich nicht für möglich gehalten.

Ich fahre heim und spiele noch ein paar Partien Schach auf Chess24.

Ich hole mein altes Tagebuch und suche den nächsten Stimmeneintrag und ich finde ihn am 29.5.2013:

„Dein Vater hat dir dein Leben versaut."

„Dein doofer Vater und dein blöder Nachbar sind dran schuld, dass du eine Psychose bekommen hast."

„Du bist eigentlich ein ganz normaler Mensch."

„Dein Vater hat dir dein Leben kaputt gemacht."

„Dein Vater. Dieser Mistkerl."

Ich habe das am 29.5.2013 in meinem Tagebuch kommentiert:

‚Ausgerechnet mein Vater, der mein ganzes Leben lang davon sprach, dass Familie von besonders großer Bedeutung sei, macht mir mein Leben kaputt?'

Ich denke mir, dass mir diese übersteigerte Darstellung der Bedeutung der Familie schon immer komisch vorkam. Aber auch wenn für meinen Vater die Familie in Wirklichkeit gar nicht höchste Priorität hatte und er in Wirklichkeit von seiner Eifersucht beherrscht wurde, so hat er deshalb noch lange nicht die Stimmen in meinem Kopf zu verantworten, die mich 2012 terrorisiert haben.

Die haben auch nicht meine blöden Nachbarn zu verantworten. Dieser Terror ist doch wohl das Werk des Verfassungsschutzes gewesen. Ich überlege mir kurz, ob ich hier von Terror oder vielleicht sogar besser von Folter sprechen soll. Das war, meiner Meinung nach, eine Methode, die man durchaus als Foltermethode bezeichnen kann.

14. Dezember 2016

Scheiße! Ich bin ein krasses Geheimdienstopfer. So ne Scheiße! Scheiße! Scheiße!

Heute ist Weihnachtsfeier in der BTS in Pankow. Dabei werden viele leckere Speisen zubereitet und dann gibt es einen Brunch. Doch vor dem Essen wird noch ein lustiges Theaterstück von den Mitarbeitern aufgeführt. Ich nehme mir von den Frikadellen, vom Käse und außerdem Tomate mit Mozarella.

Nach dem Essen kommt ein Weihnachtsmann und verteilt Geschenke. Jeder Nutzer hat einen Namen gezogen und für diese Person ein Geschenk besorgt. Ich habe eine Tasse verschenkt und bekommen habe ich eine kleine Zimmerpflanze und Schokolade. Gegen zwei verlasse ich die Tagesstätte und geh heim.

Ich spiele Schach und Stratego. Beim Stratego habe ich eine Negativserie. Ich verliere sechs oder sieben Spiele in Folge. Oft gibt es solche Serien. Es gibt Tage, an denen alles schief läuft und Tage, wo alles klappt. Nun gut. Heute ist nicht mein Tag.

Ich schlage in meinem alten Tagebuch nach und lese am 29.5.2013:

„Du bist – aus Versehen – ein besonders intuitiver Mensch geworden."

„Der intuitivste Typ, den es gibt, hat den blödesten Vater, den es gibt."

„Für uns bist du ein Held."

Am Abend schaue ich mir noch einen Film im Fernsehen an.

Ich denke mir, dass ich nie ein 'Held' sein wollte. Außer vielleicht für meine Familie.

Ich denke mir, dass ich in Wirklichkeit jemand bin, dem das Wichtigste kaputt gemacht wurde. Ich bin in

Wirklichkeit ein krasses Geheimdienstopfer. Und das ist ein ganz mieses Schicksal.

Es ist einfach scheiße keinen Beruf und keine eigene Familie zu haben.

Hoffentlich erinnern sich die Deutschen, mit denen ich 2013 zu tun hatte, wenigstens daran, wer ich wirklich war und worum es mir ging.

Hoffentlich macht der deutsche Verfassungsschutz niemals wieder Jemandem nur aufgrund übler Nachrede das ganze Leben kaputt.

15. Dezember 2016

Geträumt. Heute Nacht habe ich davon geträumt, eine schöne Beziehung zu haben.

Leider bin ich aufgewacht und meine Wirklichkeit ist immer noch so beschissen, wie am Tag zuvor.

Ich fahre zur BTS in die Siegfriedstraße. Heute fahren wir auf den Weihnachtsmarkt zum Gendarmenmarkt.

Ich bitte Felix, einen der Betreuer, nochmal zu schauen, ob es wieder den 'Nachtzug nach Lissabon' von Pascal Mercier bei Amazon zu kaufen gibt. Und tatsächlich gibt es den Roman für einen Cent plus Versandkosten. Das heißt er ist quasi umsonst.

Wer bietet denn ein Buch an für einen Cent?

Aber mir soll es recht sein. Felix meint, dass das Buch nächste Woche da sein müsste. Auf dem Weihnachtsmarkt sind wir nur etwa 20 Minuten. Dann wollen die meisten, etwas trinken gehen. Aber nicht draußen auf dem Weihnachtsmarkt, sondern irgendwo drinnen. Wir suchen also eine Bäckerei. Dort trinken wir einen Kaffee, der uns von Albatros bezahlt wird.

Auf der Heimfahrt denke ich mir, dass mir der Aufenthalt auf dem Weihnachtsmarkt eigentlich zu kurz war und erinnere mich, dass Rene ja auch gerne auf den Weihnachtsmarkt gehen wollte, aber heute keine Zeit hatte. Ich schreibe ihm eine SMS, ob er Lust hat, mit mir auf den Weihnachtsmarkt zu gehen. Er findet, dass das eine gute Idee sei und fragt mich, ob ich nächsten Dienstag Zeit hätte. Habe ich. Sehr gut.

Rene ist der Einzige in der BTS, mit dem ich mich einigermaßen gut unterhalten kann. Er ist vielseitig interessiert und seine Kommentare sind selten langweilig. Er ist eine echte Bereicherung für die BTS. Wenn er nicht mehr da wäre, würde er fehlen.

Ich spiele Stratego und warte vergebens auf eine Siegserie. Anschließend suche ich im Internet nach Läden, die Computerspiele verkaufen. Ich schreibe mir die Telefonnummern auf. Es ist entweder besetzt oder die Telefonnummer ist nicht vergeben. Ich stoße im Netz auf die Internetseite eines Spieleclubs. Die Treffen finden Mittwochs um 19 Uhr in der Nazarethkirche am Leopoldplatz statt. Hört sich interessant an. Dort werde ich nächsten Mittwoch mal vorbeischauen.

Ich lese in meinem Tagebuch am 31.5.2013 den Eintrag:

‚Ich weiß nicht worin der Sinn liegen mag, dass ich in diese Situation kam.

Vielleicht ist der Sinn, Menschen, die sich göttliche Kräfte gegenüber anderen Menschen zuordnen, damit zu konfrontieren, dass sie fehlbar sind.‘

16. Dezember 2016

Ich fahre zu meinem Zuverdienst in die Erich Weinert Straße.

Heute sind wir sogar zu dritt am Tresen. Ich mache mir einen Kaffee und lese Zeitung.

Es ist nicht viel los. Ich gehe zum Schachtisch und spiele ein paar Partien nach. Die Zeit geht schnell rum.

Vor dem Mittagessen gehe ich in die Schönhauser Allee Arcaden. Dort soll es einen Computerspieleladen geben. Doch wie ich schon befürchtet habe, gibt es nur sehr wenige Spiele für den PC und Civilization ist nicht darunter. Statt eines Computerspiels kaufe ich mir ein Buch. 'Krieg und Frieden' von Leo Tolstoi. Das wollte ich schon immer mal lesen.

Als ich im ,Wandel' ankomme ist es schon kurz nach zwei. Ich hole mir ein Cordon Bleu mit Pommes.

Nach dem Mittagessen gehe ich zur DAK. Ich soll eine Zuzahlung von 110 Euro für meinen letzten Krankenhausaufenthalt leisten. Ich habe meinen ALG II Bescheid dabei und hoffe, dass ich eine Zuzahlungsbefreiung bekomme. Aber Freitags hat die DAK nur bis 13 Uhr auf.

Ich gehe in den Kaufhof und schaue mich nach Weingläsern um. Mein Vater hat bei meinem letzten Besuch gesagt, dass meine Eltern Weingläser brauchen könnten. Ich finde aber nicht die Weingläser, die ich mir vorstelle.

Bei C&A finde ich dafür einen Pulli, der mir paßt, für 12 Euro. Auf der Rückfahrt in die WG wird es schon dunkel. Gegen 16 Uhr klingel ich beim Via - Büro. Herr Böhme ist aber schon nach Hause gegangen.

Ich analysiere noch ein paar Schachvarianten. Und dann fahre ich zum Clubabend meines Schachvereins. Unser Schachlehrer, ein Fidemeister, bespricht mit uns heute einige Partien vom letzten Sonntag.

Auf der Rückfahrt blicke ich in einige erleuchtete Wohnungen und denke mir, dass ich jetzt eine schöne Wohnung haben könnte, einen guten Beruf, eine Frau und Kinder.

17. Dezember 2016

Um die Mittagszeit frühstücke ich in der Schönhauser Allee. In der Bäckerei sitzen zwei Päärchen. Ich denke mir, dass die meisten Menschen sich gar nicht vorstellen können, dass einem etwas, das so selbstverständlich scheint, wie die Möglichkeit eine Beziehung zu führen, verwehrt werden kann.

Anschließend fahre ich zur Therme am Europacenter. Nachdem ich mir jetzt zwei Samstage hintereinander das Geld für die Sauna gespart habe, leiste ich mir heute mal wieder einen Saunagang.

Ich mache viermal einen Aufguß mit. In den Pausen ärgere ich mich über den doofen Verfassungsschutz. Ich erinnere mich:

"Wir beschatten dich schon dein ganzes Leben lang."

Warum hat dieser unfähige Geheimdienst nicht herausgefunden, dass ich nichts Verbotenes und nichts Schlimmes gemacht habe?

Am Abend fahre ich nach Hause. Neben mir sitzt eine attraktive Frau. Ich stelle mir vor, wie es wohl wäre, wenn ich mit ihr zusammen wäre. Ich wollte niemals alleine durchs Leben gehen müssen. Der blöde Verfassungsschutz hat mir mein ganzes Leben versaut.

Hoffentlich erinnern sich die Deutschen, mit denen ich 2013 zu tun hatte, wenigstens daran, dass ich nichts Verbotenes und nichts Schlimmes gemacht habe. Hoffentlich kommt irgendwann einmal raus, dass der Verfassungsschutz 2012 aus einem gesunden Menschen einen Psychotiker gemacht hat.

18. Dezember 2016

Kurz nach neun klingelt der Wecker. Ich habe heute keine Lust in den Gottesdienst zu gehen.

Ich setze mich an den Computer und schreibe an meinem Buch. Ich komme heute nur sehr zäh voran. Ich hadere mit meinem Schicksal. Ich sitze hier alleine rum und dabei könnte ich Familie haben und Freunde besuchen.

Hoffentlich war 2013 nicht umsonst. Hoffentlich erinnern sich die Deutschen daran, wer ich wirklich war. Hoffentlich macht der Verfassungsschutz nie wieder Jemandem das Leben kaputt, der nichts Verbotenes und nichts Schlimmes getan hat.

Ich lese in meinem Tagebuch von 2013 am 1.6.2013 unter der Überschrift *'Mißbrauch staatlicher Gewalt'* folgenden Eintrag:

,Es geht in dieser Situation des krassen Mißbrauches von staatlicher Gewalt, meiner Meinung nach, um einen Widerstand, der versucht soweit wie möglich auf Gewalt zu verzichten. Eine Möglichkeit gegen den Mißbrauch von Gewalt Widerstand zu leisten, könnte darin liegen, dagegen anzuschreiben sowie Mittel der Kommunikation zu nutzen. Das wäre eine

Möglichkeit. Hinzukommen könnten gezielte Handlungen mit Symbolcharakter.'

Mittel der Kommunikation waren für mich 2013 hauptsächlich meine Gedankengänge. Es ging mir darum, ein bestehendes Unrecht anzuprangern und immer wieder dazu aufzurufen Widerstand zu leisten gegen Anweisungen, die eindeutig der Verfassung widersprechen.

Es ging mir darum, die Menschen, mit denen ich zu tun hatte, aufzufordern, nicht weiter Teil einer Sache zu sein, die falsch ist.

Wie ich schon erwähnt habe, blieben diese Gedankengänge des Widerstandes nicht ohne Auswirkung, denn im November des Jahres 2013 sollte es heißen:

„Du hast hier wahre Wunder bewirkt."

Ich denke mir, dass der Widerstand des Jahres 2013 vielleicht der Sinn meines ganzen Lebens war.

Ein ganzes Leben für eine kurze Zeit des Widerstandes gegen ein Unrecht.

Aber es gab auch mindestens eine warnende Stimme. Ich erinnere mich an eine Nacht, in der ich eine aufgeregt und besorgt klingende Stimme hörte:

„Du legst dich mit der mächtigsten Organisation an, die es gibt in der Welt. Hast du keine Angst?"

Ich dachte mir damals: ***,Angst ist Mut entgegenzusetzen.'***

Außerdem hielt ich den Widerstand in meinen Gedanken und in meinen Schriften sowie in symbolischen Handlungen für absolut legitim. Immerhin sollten doch meine Werte die gleichen Werte sein, die auch Deutsche und Amerikaner für sich beanspruchen.

Gegen drei mache ich mich auf den Weg in die Warschauer Straße, um an meinem Tagebuch weiter zu schreiben. Die Musik ist heute etwas melancholisch. Aber das stört mich nicht. Es passt irgendwie zu meiner Stimmung. Ich schaue aus dem Fenster und sehe die U Bahnen in den U Bahnhof Warschauer Straße einfahren und ich denke mir, dass ich jetzt, wenn ich Glück gehabt hätte, einen Job an der Uni hätte und mir Gedanken über das Sein und das Seiende machen würde.

Ich denke mir wieder einmal, dass es mich wirklich interessieren würde, warum der Verfassungsschutz verhindern musste, dass ich an der Uni Karriere mache. Welche Gefahr wäre denn von mir ausgegangen, wenn ich in die wissenschaftliche Arbeit gegangen wäre? Ich denke mir, dass ich einer krassen Willkür ausgeliefert war. Mit einem Rechtsstaat hat das nichts zu tun. Das gehört in die dunkle Vergangenheit deutscher Diktaturen, in die Zeit des Naziregimes und die Zeit der SED Diktatur.

Weil mein Mitbewohner heute das Internet selbst nutzt, gehe ich ins Internetcafe und spiele ein paar Partien Stratego. Um acht fahre ich heim. Ich schalte den Fernseher an und schlafe ein.

19. Dezember 2016

Wir haben Montag und heute startet das Sonderprogramm zum Jahresende in der BTS. Immer zum Jahresende gibt es ein besonderes Programm, das von den üblichen Gruppenangeboten abweicht. Heute gibt es Kerzenziehen, Basteln, Kochen und Weihnachtsgeschichten. Am Vormittag bin ich in der Kochgruppe. Mit Felix gehe ich zum Einkaufen. Er hat mein Schachbuch gesehen und fragt mich, ob ich gut Schach spielen kann. Ich sage, dass ich kein besonders guter Schachspieler bin, dass ich aber Mitglied in einem Schachverein bin und gelegentlich Sonntags an Mannschaftswettkämpfen teilnehme. Felix erkundet sich, wann wir Spielabend haben und äußert Interesse, irgendwann einmal eine Partie gegen mich zu spielen.

Wir kaufen Kartoffel und Wiener für die Kartoffelsuppe mit Wurst und Grieß für den Grießbrei.

Wieder in der Tagesstätte schälen wir die Kartoffeln und schneiden sie in kleine Stücke, damit sie sich leichter pürrieren lassen. Anschließend lese ich in meinem Eröffnungsbuch über die Eröffnung, die ich beim letzten Mannschaftskampf gespielt habe und ich ärgere mich, dass so viele der hier vorgestellten Partien mit einem Vorteil für Weiß ausgehen.

Nachdem Mittagessen bin ich in der Gruppe, in der die Weihnachtsgeschichten vorgelesen werden. Wir lesen Geschichten aus Norwegen und England vor. Dazu gibt es heute einen Apfelpunsch.

Um kurz vor drei verlasse ich die Tagesstätte und fahre zum Bahnhof Gesundbrunnen. Hier gibt es eine Auskunft der Deutschen Bahn und ich frage, ob am 24. Dezember alle Züge normal fahren.

Es fahren alle normal. Gut. Ich gehe in ein Internetcafe und suche die Verbindung zu einem Computerspieleladen in Kreuzberg raus. Es wird schon dunkel, als ich dort ankomme. Wieder gibt es nur sehr wenige PC Spiele. Und wieder ist kein Civilization darunter. Ich rufe bei meinem Vater an, um ihn zu informieren, dass ich in Berlin keinen Laden gefunden habe, der Civilization III verkaufen oder Civilization V kaufen würde. Aber es geht niemand ran.

Ich fahre nach Pankow und gehe in ein Internetcafe. Auf Chess24 schaue ich mir die Lehrvideos zur Italienischen Eröffnung an. Kurz vor acht fahre ich heim. Ich frage mich, ob möglicherweise in 50 oder in 100 Jahren die Zeit dafür reif sein könnte, dass der Verfassungsschutz zugeben kann, was er mir angetan hat. Ich werde das wohl nicht mehr erleben.

Ich lese in meinem Tagebuch am 1.6.2013 den Eintrag:

„Es tut mir leid. Echt."

„Ich habe einen friedlichen Mann zu einem Deppen gemacht."

„Es tut mir leid, dass wir einen gesunden Mann zum Deppen gemacht haben. Echt."

„Der beste Mensch, den ich je gesehen habe, hat einen Idioten als Vater gehabt."

„Du hast nichts Böses getan."

Ich schaue fernseh. In einem Band am unteren Bildschirmrand läuft die Nachricht, dass es einen Anschlag auf einen Berliner Weihnachtsmarkt gegeben habe.

20. Dezember 2016

Heute treffen wir uns schon um neun Uhr in der BTS in Pankow. Ein Kinobesuch steht an. Daher soll das Frühstück heute eine halbe Stunde früher beginnen.

Rene sagt, dass ihn der Anschlag auf den Weihnachtsmarkt so sehr mitnehmen würde, dass er heute nicht auf den Weihnachtsmarkt gehen möchte. Wir verabreden stattdessen nach dem Kinobesuch ins Cafe ‚Wandel' zu gehen.

Ich entscheide mich für den Star Wars Film 'Rogue One'. Der Film ist nicht überragend. Aber er ist auch nicht schlecht. Nach dem Film warte ich auf Rene. Wir gehen ins Cafe ‚Wandel'.

Dort holen wir uns etwas zu essen und nen Kaffee. Ich erzähle Rene von dem Buch, das ich begonnen habe. Ich meine, dass der ganze Rechtsstaatsgedanke in Gefahr ist, wenn der Inlandsgeheimdienst machen kann, was er will.

Rene spricht davon, dass er vor einer Entwicklung Angst hat, die so etwas wie einen Staat im Staat hervorbringt. Ich frage ihn, ob er sich vorstellen kann, dass irgendwann einmal rauskommt, was der Verfassungsschutz in meinem Fall gemacht hat. Er meint, dass er nicht glaubt, dass der Verfassungsschutz so etwas zugeben würde. Er glaubt vielmehr, dass alle Protokolle oder Unterlagen, die zu dem Fall existieren würden, vernichtet werden würden.

Ich habe die Hoffnung, dass es doch irgendwann einmal rauskommt.

Wir reden über gesellschaftliche Entwicklungen, über Max Weber, über soziale Systeme, die alle ihre eigene Wahrnehmung der Wirklichkeit haben. Wir unterhalten uns über Parsons und über Niklas Luhmann. Solche Gespräche sind sehr selten geworden.

Der Verfassungsschutz hat mich krass reduziert.

Wieder in der WG lese ich in meinem Tagebuch. Am 3.6.2013 heißt es:

„Es tut uns leid, dass wir einen Deppen aus dir gemacht haben."

Und am 4.6.2013:

„Tut mir leid."

„Du bist ein Lieber. Du hast eine schreckliche Familie gehabt, die einen Deppen aus dir gemacht hat."

21. Dezember 2016

Heute ist Mittwoch und wir treffen uns in der BTS in Buch.

Nach dem Frühstück helfe ich dabei, Holz zur Feuerstelle zu schaffen. Heute soll draußen überm Feuer gekocht werden. Bis der Linseneintopf soweit ist, lese ich in meinem Schachbuch.

Nach dem Essen gehe ich zu dem Cafe in der Erich-Weinert-Straße, in dem ich üblicherweise Freitags arbeite. Hier soll heute ein Treffen stattfinden von Leuten, die gerne singen.

In der BTS in Buch gab es 2013 einmal eine Musikgruppe. Die hat mir sehr viel Spaß gemacht. Nun hofffe ich, dass ich vielleicht etwas Ähnliches finde. Wir sind zu viert und wir singen ein Weihnachtslied. Mir ist das Ganze aber irgendwie fast schon ein wenig zu professionell.

Ich gehe ins Internetcafe und spiele ein paar Partien Stratego. Dann fahre ich mit der S Bahn bis zur Haltestelle Friedrichstraße. Ich bin eine halbe Stunde vor Beginn der Show im Friedrichstadt - Palast.

Ich treffe Ulrike, eine Nutzerin der KBS. Sie erzählt immer sehr viel. Sie erzählt von ihrer Fernbeziehung, die so toll klappt. Sie erzählt von ihren Kindern und von ihren Enkelkindern.

Wir haben einen guten Platz, von dem wir die Bühne gut im Blick haben.

Die Show ist sehr beeindruckend. Mir gefallen die Kostüme und mir gefällt, wie sich die Darsteller zur Musik bewegen. Die Sängerin singt davon, dass es darum geht, jeden Moment des Lebens auszukosten.

Ich denke mir, dass mir alles, was sich zu leben lohnte, kaputt gemacht worden ist. Erst vom deutschen Verfassungsschutz. Dann von den Amerikanern.

Wieder einmal denke ich mir, dass der Verfassungsschutz ein gutes Leben kaputt gemacht hat. Ein gutes Leben wurde kaputt gemacht. Ein gutes Leben. Ein ganzes Leben voller guter Ideen im Eimer.

Ein ganzes Leben.

Ich erinnere mich: *„Aus dir wurde das größte Justizopfer der Menschheit.“*

Ich frage mich, was das Handeln des Verfassungsschutzes mit Justiz zu tun hatte. Ich frage mich, ob so ein Handeln eines Geheimdienstes nicht den ganzen Rechtsstaat in Frage stellt.

22. Dezember 2016

Heute treffen wir uns wieder in Pankow. Nach dem Essen lege ich mich hin. Ich bin unruhig. Ich erinnere mich:

„Du hast nichts Verbotenes gemacht und nichts Schlimmes."

„Du hättest Professor werden können."

„Du hättest Familie haben können."

„Was für Möglichkeiten du hattest!"

Zum Mittagessen gibt es heute Salat. Nach dem Mitttagessen gehe ich zu der Gruppe, die einen Spazier gang durch den Park macht. Zurück in der Siegfriedstraße spiele ich gegen einen anderen Nutzer eine Partie Schach. Dann gibt es Zimtschnecken.

Um halb vier habe ich einen Termin bei meiner Hausärztin. Es geht um meinen Puls. Der war, während meiner vergangenen Besuche bei meinen Eltern, immer über 100. Nun möchte ich wissen, ob das so normal ist oder ob man da was machen muss. Meine Hausärztin misst mir den Puls. Er ist bei 88. Sie macht ein EKG. Nichts Besorgniserregendes. Ich soll morgen früh nochmal zur Blutkontrolle kommen. Ich fahre heim.

Ich lese in meinem Tagebuch am 4.6.2013 den Eintrag:

„Du bist belogen worden."

„Du bist die ganze Zeit belogen worden."

Ich erinnere mich:

„Du bist dein Leben lang belogen und verarscht worden. Deshalb sagen wir dir die Wahrheit."

27. Dezember 2016

Wir haben Dienstag und ich bin seit dem 24.12. bei meinen Eltern. Wir haben Spiele gemacht und gut gegessen und fernseh geschaut. Heute spielen wir wieder unser ‚Straßenspiel'.

Zum Mittagessen gibt es heute Schweinelende mit Spätzle und Kartoffelsalat. Das ist sehr lecker.

Mein Vater meint, dass wir im kommenden Jahr doch nicht nach Portugal gehen können, da zuerst die leerstehenden Wohnungen renoviert werden müssen. Schade. Ich habe mich schon sehr auf einen Portugalurlaub gefreut.

Nach dem Mittagessen spiele ich eine Partie Schach gegen meinen Vater, die ich gewinnen kann. Dann spielen wir unser Spiel weiter. Und schließlich spielen wir noch Skat.

Am Abend fahren mich meine Eltern zum Bahnhof.

Auf der Fahrt ärgere ich mich mal wieder über den doofen Verfassungsschutz. Ich denke wieder einmal, dass der Verfassungsschutz ein gutes Leben kaputt gemacht hat. Vor mir sitzen zwei Päärchen. Dass ich keine Beziehung haben darf und keine Familie gründen kann, finde ich am ärgsten. Diese Päärchen haben keine Ahnung davon, dass so etwas Selbstverständliches, wie das Recht eine Beziehung zu führen und eine Familie zu gründen, vom deutschen Inlandsgeheimdienst verwehrt werden kann.

Am 5.6.2013 kam die zweite Gruppe Deutscher ins Spiel, die an meinem Leben Anteil nehmen sollte:

„Tut mir leid."

„Tut mir wirklich leid für dich."

„Unsere Aufgabe ist eigentlich die Terrorismusbekämpfung."

Ich erinnere mich:

„Wir sind Elitesoldaten der Bundeswehr."

„Was in deinem Fall einem ahnungslosen und wehrlosen Mann angetan wurde, habe ich noch nie erlebt."

Ab dem Zeitpunkt, an dem sich einige Stimmen als Elitesoldaten der Bundeswehr geoutet haben, habe ich auch explicit zur Befehlsverweigerung aufgerufen, für den Fall, dass ein Befehl der Verfassung widersprechen sollte.

Außerdem habe ich ein Bild von Stauffenberg aufgehängt. Ein Offizier, der während der Zeit des Naziregimes nach seinem Gewissen handelte und nicht länger Teil einer Sache sein wollte, die er für falsch befand.

28. Dezember 2016

Geträumt. Heute habe ich davon geträumt, dass ich eine Ausbildung zum Waldorflehrer machen würde.

Um neun bin ich bei meiner Hausärztin. Mein Puls soll über 24 Stunden beobachtet werden. Ich bekomme ein Gerät umgehängt, das ständig den Blutdruck und den Puls misst. Da ich für das Frühstück zu spät bin, frühstücke ich beim Bäcker in der Schönhauser Allee.

Mir fallen die Bettler auf, die hier bei jedem Wetter herumsitzen und auf ein paar Cent hoffen. Was ist das für ein Leben einfach nur herumzusitzen und um ein paar Cent zu betteln? Was haben diese Menschen noch, wofür es sich für sie zu leben lohnt?

Ich fahre zum Mittagessen in die BTS in Buch. Hier läuft eine Doku über den brasilianischen Regenwald.

Am Nachmittag fahre ich zum Zahnarzt. Gestern ist mir eine Plombe rausgefallen. Die Zahnarztpraxis hat bis zum 2.1. geschlossen. Ich beschließe zu warten und gehe ins Internetcafe. Ich spiele ein paar Partien Stratego. Am späten Abend gehe ich heim.

Am 6.6.2013 heißt es:

„Du hast gar nichts Schlimmes gemacht."

„Für uns bist du ein Held."

„Wir konnten uns nicht vorstellen, dass es so was Gutes wie dich gibt."

Ich erinnere mich:

„Wir dachten du verarscht uns."

Ich lese weiter:

„Du bist normal."

„Du bist ein aktiver Kerl."

„Du bist ein ganz normaler Mann."

„Du bist harmlos."

„Du sollst dein Leben lang verarscht werden."

„Es tut uns schrecklich leid."

„Du bist der harmloseste Mensch, den ich je in meinem Leben getroffen habe."

„Wir lieben dich alle hier."

„Dein Vater hat einen behinderten Idioten aus dir gemacht."

29. Dezember 2016

Heute treffen wir uns in Pankow. Felix gibt mir das Buch, das er für einen Cent bestellt hat. Er schenkt mir die Versandkosten. Nach dem Frühstück fahren wir zum Botanischen Garten. Ich erzähle Felix von dem Buch, das ich begonnen habe.

Felix zeigt sich interessiert. Er meint, dass er mir bei der Suche nach einem Verlag und bei der Veröffentlichung behilflich sein könnte. Das hört sich gut an.

Wir schauen uns die Gewächshäuser im Botanischen Garten an. Irgendwie hätte ich es hier wärmer erwartet. Auf dem Rückweg gehen wir noch in eine Bäckerei und bekommen einen Kaffee ausgegeben. Rene ist heute nicht dabei. Er fehlt.

Auf dem S-Bahnhof Botanischer Garten sehe ich eine Werbung für Orffs Carmina Burana am 7.1. im Konzerthaus. Ich rufe bei der Hotline an und frage, wieviel eine Eintrittskarte kosten würde. Sie kostet 15 Euro. Das kann ich mir leisten. Ich lasse eine Karte für mich an der Abendkasse hinterlegen.

Gleich nach dem Ausflug gehe ich zu meiner Hausärztin. Dort werden die Messdaten der letzten 24 Stunden ausgewertet. Ich habe während des Tages einen erhöhten Puls und einen erhöhten Blutdruck. Meine Ärztin verschreibt mir ein Medikament, das Blutdruck und Puls senken soll.

Wir haben kurz nach vier und es wird schon dunkel. Ich gehe in einen Elektronikfachhandel und lasse mich beraten wegen eines neuen Empfangsgerätes für meinen Fernseher. Im kommenden Jahr brauche ich ein Gerät das DVB T2 HD empfangen kann.

Gegen fünf bin ich wieder in meiner WG. Am 7.6.2013 lese ich:

„Wir können dir nicht mehr helfen."

„Dein Vater hat dir dein ganzes Leben ruiniert."

„Du hättest ein ganz normales Leben haben können."

„Aus dir ist das größte Opfer der Menschheit geworden."

„Du hättest Prof oder Lehrer werden können. Du hätttest ne Freundin haben können. Du hättest Familie haben können."

„Aus Versehen haben wir dich zu einem Streber gemacht."

„Du bist ein harmloser und lieber Mensch."

30. Dezember 2016

Geträumt. Heute habe ich davon geträumt, dass ich ein Parlamentarier wäre. Ich wache auf und ich bin nur ein krasses Geheimdienstopfer. Die Realität ist ein Albtraum. Mir wurde alles kaputt gemacht, was ich angestrebt habe.

Hoffentlich erinnern sich die Deutschen, mit denen ich 2013 zu tun hatte, daran, dass ich 2013 ein Tangotänzer sein wollte und, dass ich eine normale Beziehung angestrebt habe.

Heute treffen wir uns in Buch. Wir machen einen Brunch. Ich schneide den Käse in kleine Stückchen. Die Käsewürfel werden dann zusammen mit Trauben aufgespießt. Der Brunch ist mal wieder sehr lecker.

Nach dem Brunch sehen wir uns einen Animationsfilm an. Rio. Es geht um einen Papagei, der in Rio eine Menge Abenteuer erlebt und seine große Liebe findet. Ein netter Film.

Wieder zurück in Pankow treffe ich Herrn Böhme. Wir füllen noch einmal die Erklärung zu meinen wirtschaftlichen Verhältnissen aus. Das Sozialgericht hat bei meinem Rechtsanwalt angefragt, wovon ich lebe. Dabei habe ich das schon einmal dargelegt. Aber gut fülle ich den Fragebogen eben ein zweites Mal aus und lege noch eine Kopie meines aktuellen ALG II Bescheides dazu. Ich rufe bei meinem Rechtsanwalt an, weil ich ihn fragen möchte, ob das ausreicht oder, ob er noch weitere Unterlagen benötigt. Herr Meinert ist erst wieder am 2. Januar zu erreichen.

In der WG gehe ich wieder an den Computer in unserem Wohnzimmer und schreibe an meinem Buch weiter.

Am 8.6.2013 finde ich den Eintrag:

„Du hattest einen Vater, der psychisch nicht ganz dicht war und du hast es mit grausamen Menschen zu tun gehabt."

„Du hättest deine Freundin heiraten können."

Ich erinnere mich:

„Du hättest Familie haben können."

Ich lese weiter:

„Dein Vater hat uns Mist erzählt."

„Wir wissen, dass du nen Deppen als Vater hattest und, dass du ein Held warst."

„Wir lieben dich alle hier."

Ich denke mir, dass ich auf Heldentum verzichten kann. Es reicht mir völlig, wenn die Deutschen, mit denen ich zu tun hatte, mich in Erinnerung behalten als Jemanden, der nichts Verbotenes und nichts Schlimmes gemacht hat.

Ich spiele noch ein paar Partien Stratego. Kurz nach sieben fahre ich zum Clubabend meines Schachvereins. Doch heute ist geschlossen. Also fahre ich wieder zurück zur WG. Dort spiele ich noch sehr lange Schach im Internet.

31. Dezember 2016

Ich stehe spät auf. Um die Mittagszeit gehe ich in die Stadt. Ich denke mir wieder einmal, dass der Verfassungsschutz ein gutes Leben kaputt gemacht hat. Ein ganzes Leben zerstört! Und es gibt nicht einmal eine

Wiedergutmachung. Das finde ich schon ziemlich frustrierend.

Weil die Kaufhäuser ihre Preise runtergesetzt haben, gehe ich heute einkaufen. Ich habe in den vergangenen sechs Monaten ca. 200 Euro für neue Kleidung und einen neuen Rucksack angespart. Ich gehe zu H&M. Zuerst schaue ich nach einer billigen Hose. Aber die Hosen passen nicht. Dann finde ich eine Wolljacke, die mir gut gefällt und die von 70 Euro auf 20 Euro runtergesetzt worden ist. Ich finde, dass ich da nicht so viel falsch machen kann und kaufe die Jacke. Dann gehe ich zum Bäcker frühstücken.

Nach dem Essen gehe ich ins Internetcafe und spiele Schach.

Um halb sechs verlasse ich das Internetcafe und fahre in die WG zurück. Um sechs Uhr fahre ich los, um gegen sieben am Brandenburger Tor zu sein. Von der S Bahnstation Friedrichstraße laufe ich zum Brandenburger Tor. Ich muss aber einen Umweg laufen, weil nur noch am Einlaß Siegessäule Leute reingelassen werden. Nachdem ich etwa eine Stunde gelaufen bin und vier Durchgangskontrollen passiert habe, stehe ich nun doch noch am Brandenburger Tor. Ich habe sogar einen guten Blick auf die Bühne. Ich denke mir, dass ich normalerweise Sylvester mit meiner Freundin oder meiner Frau und meiner Familie verbringen würde. Blöde Verfassungsschützer und bescheuerte Amerikaner haben aus mir einen impotenten Psychotiker gemacht. So was Doofes. Und es gibt kein Gericht und kein internationales Gremium vor dem sich die Geheimdienstler verantworten müssen. Wenn es doch in Deutschland wenigstens eine effiziente

Kontrolle der Geheimdienstaktivitäten durch das Parlament geben würde. Es kann nicht sein, dass der Verfassungsschutz einfach machen darf, was er will. Schon gar nicht, wenn es um die Grund- und Freiheitsrechte geht.

Um Mitternacht gibt es ein schönes Feuerwerk und dazu eine wirklich schöne Musik.

Gleich nach dem Feuerwerk mache ich mich auf den Rückweg. Die Rückfahrt klappt sehr gut. Etwa eine dreiviertel Stunde nach Ende des Feuerwerks bin ich wieder in meiner WG.

1. Januar 2017

Gegen 9 Uhr stehe ich auf, um den Gottesdienst im Berliner Dom zu besuchen.

Am Dom angekommen muss ich allerdings feststellen, dass es heute um zehn Uhr gar keinen Gottesdienst gibt. Ich denke mir wieder einmal, dass der doofe Verfassungsschutz aus einem Streber einen arbeitslosen Psychotiker gemacht hat und, dass das ein ziemlich mieses Schicksal ist.

Ich fahre zur Bäckerei in der Schönhauser Allee. Doch diese hat heute auch zu. Also gehe ich heute in ein anderes Cafe. Ich esse eine Brezel und ein Stück Marmorkuchen und trinke einen Kaffee dazu. Anschließend gehe ich ins Internetcafe und spiele Schach. Nach etwa fünf Stunden verlasse ich das Internetcafe und fahre zurück in meine WG. Dort schreibe ich an meinem Buch weiter.

Am 9.6. 2013 finde ich:

„Dein Vater hat dich zum Idioten gemacht, obwohl du ein gesunder, aktiver und herzensguter Mensch bist."

„Dabei hättest du Prof werden können und Familie haben können."

„Du hattest mit Menschen zu tun, die grausam und gemein waren."

„Du hast viel Pech gehabt."

„Tut uns wirklich leid."

Ich habe das in meinem Tagebuch am 9.6.2013 kommentiert:

‚Warum können einem als Akademiker in Deutschland die Grund- und Persönlichkeitsrechte entzogen werden – ohne dass man das mitbekommt?'

Ich denke mir, dass ich es bis 2013 mein Leben lang für unmöglich gehalten hätte, dass einem in Deutschland von einem Staatsdienst in so krasser Weise die Grundrechte verletzt werden können. Seit 2013 weiß ich, dass es möglich ist. Und dieser superkrasse Rechtsbruch wird aufrechterhalten. Und es gibt Niemanden, der meine Rechte vertritt. Und der krasseste Geheimdienstskandal in der Geschichte der Bundesrepublik Deutschland wird einfach unter den Teppich gekehrt.

Von meinem letzten Aufenthalt bei meinen Eltern habe ich Civilization III mitgebracht. Ich hatte das Spiel meinem Vater ausgeliehen. Aber jetzt, nachdem ich von Civilization V so enttäuscht bin, möchte ich es doch wieder zurückhaben. Ich kann mich erinnern, dass es mir sehr viel Spaß gemacht hat, das Spiel im Internet gegen menschliche Gegner zu spielen.

Ich installiere das Spiel und GameSpy von Arcade für die Multiplayerfunktion auf dem Computer in unserem Wohnzimmer. Allerdings funktioniert GameSpy nicht. Ich bin sehr enttäuscht. Ich habe mich schon sehr darauf gefreut, Civilization III im Multiplayermodus zu spielen.

2. Januar 2017

Wir haben Montag und noch gilt ein Sonderprogramm in der BTS.

Heute treffen wir uns in Buch zu einem 'verrückten Monthy Python- Tag'. Nach dem Frühstück gucken wir 'Die Ritter der Kokosnuss' und nach dem Mittagessen 'Das Leben des Brian'.

Wieder in der WG rufe ich meinen Anwalt an und frage ihn, welche Unterlagen er braucht. Er meint, dass die Erklärung zu den wirtschaftlichen Verhältnissen und der ALG II Bescheid erst einmal ausreichen würden und ich solle ihm die Unterlagen faxen. Ich gehe ins Via - Büro und lasse den Fragebogen mit dem Bescheid an meinen Anwalt faxen. Dann spiele ich Schach im Internet und ich google nach 'Multiplayermodus für Civilization III'. Tatsächlich findet sich im Netz, dass GameSpy nicht mehr die Multiplayerfunktion für Civilization anbietet und, dass der Multiplayermodus jetzt über Steam laufen würde. Wenn man an einem update für die Multiplayerfunktion interessiert sei, müsse man ein 'support request' an 2k schicken. Das mache ich natürlich sofort. Ich habe wieder Hoffnung, dass ich Civilization III bald auch im Multiplayermodus spielen kann. Statt fernseh zu gucken, spiele ich am Abend noch ein paar Partien Stratego im Internet.

3. Januar 2017

Kurz nach 8 klingelt mein Handywecker. Ich schlaf noch einmal ein und gehe erst kurz vor 9 aus dem Haus. Heute ist der letzte Tag des Sonderprogramms. Wir treffen uns wieder in Buch. Obwohl ich etwas verspätet bin, schaffe ich es noch rechtzeitig zum Frühstück.

Nach dem Frühstück helfe ich beim Schälen der Karotten und beim Zwiebelschneiden.

Anschließend lese ich 'Nachtzug nach Lissabon'.

Zum Mittagessen gibt es eine Broccolicremesuppe und zum Nachtisch gibt es Milchreis.

Nach dem Essen spielen wir 'Wer bin ich?'. Dabei klebt jeder seinem Nachbarn einen Zettel mit dem Namen einer fiktiven oder realen Person auf die Stirn. Anschließend muss man dann erraten, wer man ist. Das ist recht lustig.

Auf der Heimfahrt denke ich: 'Nur noch wenige Tage bis zum nächsten Mannschaftswettkampf in Steglitz.' Ich rufe bei meinem Zahnarzt an und erfahre, dass die Praxis in Pankow noch zwei Wochen geschlossen hat. Aber ich kann morgen früh einen Termin in der Praxis in Buchholz bekommen. Mein Zahnarzt hat dort eine zweite Niederlassung. Ich sage zu.

Im Via - Büro treffe ich Herrn Böhme. Dieser druckt mir einen Fahrplan aus, dem ich entnehmen kann, wie ich morgen früh um 9 nach Buchholz gelange. Außerdem macht er mir Mut, dass ich sicher bald die Rehaleistungen von der Rentenversicherung bekommen würde. Schließlich würde ja mein Anwalt die Sache auch positiv beurteilen und das würde er sicher nicht machen, wenn er Zweifel hätte. Ich denke mir, dass ich bei dem Glück, das ich in meinem Leben habe, auf nichts mehr so einfach vertraue. Ich spiele Schach im Internet.

In meinen Aufzeichnungen finde ich am 11.6.2013 den Eintrag:

„Du wurdest dein Leben lang belogen."

„Du könntest Professor sein und Familie haben."

„Du bist belogen worden."

4. Januar 2017

Kurz nach 8 fahre ich mit dem Bus zur Haltestelle Pankow Kirche. Von dort fahre ich mit der Tram nach Buchholz. Eine junge Zahnärztin setzt mir die Krone wieder ein. Ich muss elf Euro Eigenbeteiligung zahlen. Das habe ich gerade noch dabei. Da die Behandlung relativ schnell ging, erreiche ich noch rechtzeitig das erste Gruppenangebot in der Siegfriedstraße. Die Gesprächsgruppe von Dr. Vogel und Mathilde Kissinger beginnt zehn Minuten nach meiner Ankunft in der Tagesstätte. Wir erzählen alle wie wir Weihnachten und Sylvester verbracht haben. Ich berichte, dass ich im Schachspiel etwas gefunden habe, wo ich meinen Ehrgeiz ausleben kann und irgendwie erinnert mich das ständige Suchen nach der Verbesserung der Varianten auch etwas an die wissenschaftliche Arbeit.

Ich erinnere mich an 'Nachtzug nach Lissabon', wo Mercier seinen Protagonisten 'Mundus' folgenden Gedanken formulieren läßt:

'Worauf es ankam, war etwas ganz Einfaches: die alten Texte bis in jede Einzelheit, in jedes grammatische und stilistische Detail hinein zu kennen und zu wissen, was die Geschichte eines jeden Ausdrucks gewesen war. Mit anderen Worten: gut zu sein.'

Nach dem Mittagessen fällt die Gartengruppe aus. Ich fahre in die WG und spiele Stratego im Internet. Dann fahre ich in die KBS. Der Rommetisch ist voll. Ich hole mir nen Kaffee für 30 Cent und setze mich an den Computer, um im Internet ein paar Partien Schach zu spielen. Es ist schon kurz vor sechs als mich Ulrike anspricht, ob ich ihr bei der Abfassung einer Geburtstags- SMS an ihren Liebsten helfen kann. Das kann ich. Ich tippe also die gewünschte Kurznachricht für ihren Schatzi in ihr Smartphone und sende sie ab. Ulrike erzählt mir dabei, wie toll sie sich mit ihrem Schatz versteht und, dass sie jetzt schon zehn Jahre zusammen sind und, dass sie immer noch ganz verliebt rumknutschen.

Ich denke mir, dass ich auch gerne mal wieder knutschen möchte und, dass mir das Glück einer längeren Beziehung in meinem Leben verwehrt blieb. Die doofen Geheimdienste haben mir meine beiden wichtigsten Ziele kaputt gemacht: die wissenschaftliche Arbeit und eine echte Beziehung.

Ohne eine erfüllende Arbeit und ohne eine Beziehung, denke ich mir machmal, ist das Leben nicht viel mehr als ein Gefängnis mit Internet und Einkaufsläden.

Ich wollte in meinem Leben Parlamentarier werden, ich wollte in die wissenschaftliche Arbeit gehen, ich wollte Lehrer werden und zuletzt wollte ich ein guter Tangotänzer sein.

Ich erinnere mich an 2013:

„Du hättest Politiker werden können. Du hättest Professor werden können. Du hättest Tangolehrer werden können."

„Was für Möglichkeiten du hattest!"

„Es tut uns leid, was wir gemacht haben."

Ich gehe noch eine Stunde ins Internetcafe und spiele Stratego. Dann gehe ich heim in die WG und schreibe an meinem Buch weiter. Ich lese am 12.6. 2013 den bisher längsten Mitschrieb:

„Für uns bist du ein Held geworden."

„Das ist der größte Justizskandal der Bundesrepublik."

„Ich liebe dich."

„Ich liebe dich wirklich."

„Ich liebe diesen Mann!"

„Tut mir leid, was wir aus dir gemacht haben, Alex."

„Du warst der Einzige, der immer versucht hat, ehrlich zu sein."

„Ich liebe diesen Mann!"

„Du hast mit grausamen und schrecklichen Menschen zu tun gehabt."

„Du bist völlig unschuldig in eine finstere Verstrickung der Umstände geraten."

„Es war kein Zufall, dass du in deinem Leben so viel Pech hattest."

„Das war kein Zufall, wenn deine Frauen plötzlich Schluß gemacht haben."

„Wir beschatten dich schon dein Leben lang."

„Du kamst in ein Umerziehungsprogramm für psychisch Gestörte."

„Dabei hast du Amerikas modernste und geheimste Spionagetechnologie enttarnt."

„Was nicht für möglich gehalten worden ist, schafft ein harmloser arbeitsloser Spinner aus Berlin."

„Tut mir echt leid."

„Wir haben – aus Versehen - einen Helden aus dir gemacht."

„Du hast mächtige Geheimdienste blamiert."

„Jetzt ist klar geworden, dass du eigentlich ein Streber werden wolltest, lieb bist und ein verantwortungsbewußter Mensch warst."

„Wir haben aus einem gesunden Menschen einen Behinderten gemacht."

„Du bist ein Geheimnisträger."

„Du bist der peinlichste Behinderte der Welt."

„Du sollst dein Leben lang ein Geheimnisträger bleiben."

„Deine Eltern haben dich falsch dargestellt."

„Tut uns leid, was wir gemacht haben."

„Tut uns leid, dass du nie eine längere Beziehung aufbfbauen konntest."

„Dein Vater war ein Mistkerl."

„Dein Vater hat dir dein ganzes Leben versaut."

Weil die Stimmen mir an diesem Tag so viel mitteilten, mache ich hier fürs erste Schluß und berichte morgen vom zweiten Teil. Ich frage mich, wie um alles in der Welt es möglich ist, Jemanden der einen Hochschulabschluß gemacht hat und fast fünf Jahre als Lehrer gearbeitet hat – ohne dass er etwas davon mitbekommt – zu einem psychisch Gestörten zu erklären.

Diese Geschichte ist wirklich die krasseste Geheimdienstgeschichte, die ich kenne. Und ich weiß ganz genau, dass diese Geschichte eine wahre Geschichte ist! Nie im Leben habe ich mir diese Stimmen eingebildet. Dieses 'Wissen' hat für mich absoluten Evidenzcharakter. Ich schlage auf Wikipedia 'Evidenz' nach und finde dort eine sehr gute Definition:

'Unmittelbare, mit besonderem Wahrheitsanspruch (unbezweifelbare) auftretende Einsicht'.

Dass die Stimmen echt waren, war für mich eine unmittelbare und mit besonderen Wahrheitsanspruch auftretende Einsicht!

Ich spiele einige Partien Stratego und warte immer noch vergebens auf eine Siegserie.

5.   Januar 2017

Es hat geschneit. Draußen liegt eine dünne Schneeschicht. Es ist kalt.

Ich fahre in die BTS in Pankow. Heute ist Ausflugsgruppe. Felix hat eine Ausstellung im Georg Kolbe Museum in Charlottenburg für uns herausgesucht.

Nach dem Frühstück spiele ich noch eine Partie Schach mit einem anderen Nutzer. Dann geht es los. Wir müssen zweimal umsteigen.

Im Museum hält uns eine gutaussehende und sympathische Frau davon ab, sofort die erste Installation zu betreten. Es müsse noch eine Videokamera aufgebaut werden. Sie fragt, ob es uns etwas ausmachen würde, wenn wir gefilmt werden. Es macht Niemandem etwas aus.

Es sind nicht besonders viele Installationen. Die Werke wirken eher verstörend. Mir kommt es vor, als ob sie vom Ende der Welt handeln würden.

Wir gehen noch in das Cafe nebenan. Wir bekommen einen Kaffee ausgegeben. Wer mehr möchte muss selbst bezahlen. Ich würde gerne ein Stück Kuchen dazu nehmen. Aber drei Euro ist mir zu teuer. Moritz erzählt davon, dass ihn seine Freundin verlassen habe, als sie schwanger war und, dass er wahrscheinlich der Vater einer Tochter sei. Sicherheit darüber habe er aber nicht.

Wir machen uns auf dem Heimweg. Ich steige am Alexanderplatz aus. Es ist zwei Uhr. Da bekomme ich noch ein Mittagessen im 'Wandel'. Nach dem Essen gehe ich ins Second Hand Kaufhaus, um mich nach einer günstigen Winterjacke umzusehen. Meine Jacke zeigt schon deutliche Abnutzungserscheinungen. Ich hoffe bald wieder Nachhilfeunterricht geben zu können. Das ist eine sinnvolle Beschäftigung und ich kann mir etwas dazuverdienen. Daher möchte ich einigermaßen ordentlich gekleidet sein. Ich finde eine beigefarbene Winterjacke für 24 Euro. Außerdem probiere ich eine Lederjacke an. Das Leder fühlt sich gut an. Leider sind die Ärmel zu kurz. Die Preise für Hemden sind stark reduziert. Ich leiste mir zwei schöne Hemden. Eines für drei Euro und eines für sechs Euro.

Nach dem Einkauf gehe ich zur DAK. Die hat heute bis 17 Uhr auf. Ich lege meinen ALGII Bescheid vor und einige Rechnungen von 2016. Die Rechnungsbeträge werden von dem Höchstbetrag, den ich selbst dazu zahlen muss, abgezogen.

In einem Cafe nebenan gibt es Kaffee und Kuchen. Ich würde gerne ein Stückchen Kuchen essen. Aber drei Euro pro Kuchenstück ist mir zu teuer. Ich kaufe mir eine Brezel mit Butter für einen Euro.

Wieder in der WG spiele ich ein paar Partien Stratego. Ich habe Lust auf ein Bier. Ich packe meine leeren Plastikflaschen ein und gehe zu Lidl. Dort gebe ich die

Flaschen ab und kaufe mir eine Dose Bier, eine Pepsi Light Lemon, Duplo und Butterkekse.

Zu Hause setze ich mich wieder an mein Buch. Ich schlage in meinem Tagebuch den 12.6.2013 auf:

„Deine Freundinnen haben Angst vor dir bekommen."

„Dabei warst du der netteste und liebste Mensch."

„Du hättest eine Beziehung haben können. Du hättest Professor werden können."

„Du wurdest die ganze Zeit belogen."

„Es tut uns sehr leid, was wir gemacht haben."

„Alle haben sich Sorgen gemacht. Dabei warst du der normalste und liebste Typ der Welt."

„Du bist ein wunderbarer Mensch."

„Für mich bist du ein Held. Du bist für mich der größte Held, den ich in meinem Leben gesehen habe."

„Das Leben ist unfair."

„Du hättest mit deiner großen Liebe Kinder haben können."

„Du hast viel Pech gehabt."

6. Januar 2017

Der Handywecker klingelt . Ich habe geträumt, dass ich mit meinem segelbegeisterten Mitbewohner, aus der Anfangszeit meines Studiums in Heidelberg, gemeinsam segeln gehen würde. Wiedermal nur geträumt. Ich stehe auf und dusche. Früher habe ich regelmäßig warm und anschließend kalt geduscht. Heute dusche ich nur noch ab und zu und ich dusche meistens nur noch warm. Außer wenn ich in die Sauna gehe. Dort dusche ich natürlich kalt.

Auf der Fahrt zu meinem Zuverdienst in der Erich Weinert Straße merke ich, dass ich eine halbe Stunde zu früh aufgestanden bin. Ich gehe also noch für eine halbe Stunde ins Internetcafe und schaue mir ein Schachvideo auf chess24 an.

Im Cafe gibt es nicht viel zu tun. Ich trinke Kaffee und lese Zeitung.

Zum Mittagessen gehe ich - wie immer Freitags – ins 'Wandel'. Nach dem Essen fahre ich wieder nach Pankow. Ich treffe Herrn Böhme. Dieser gibt mir den neuen Putzplan mit. Zu besprechen gibt es nicht viel. Wieder in der WG spiele ich Stratego. Ich warte immer noch vergeblich auf eine Siegserie. Ich vertilge die Butterkekse und trinke dazu die Pepsi.

Am 13.6.2013 finde ich den Eintrag:

„Dein Vater hat dir dein ganzes Leben versaut."

„Deine Freundinnen haben Angst vor dir bekommen."

„Daran ist dein Vater schuld."

„Der hat uns Mist erzählt."

„Du hättest Professor werden können."

„Du hättest eine längere Beziehung haben können."

„Du hättest eine Familie haben können."

„Das hätte ich nie gedacht, dass aus dir einmal ein mutiger Held wird."

„Du wirst mein Leben lang mein Superheld sein."

Um 19 Uhr fahre ich zum Spielabend meines Schachvereins. Dort treffe ich meinen Mannschaftskollegen Gerhard Wiener. Er fährt am Sonntag mit dem Auto von Pankow aus nach Steglitz. Wir machen aus, dass er mich um viertel nach acht am S und U Bahnhof Pankow abholt.

7.   Januar 2017

Ich wache auf und muss daran denken, wieviel mir kaputt gemacht worden ist. Das tut mir gar nicht gut. Besser ich lenke mich ab. Ich setze mich also ins Wohnzimmer und spiele Stratego im Internet. Ich denke mir, dass ich auf keinen Fall alleine durchs Leben gehen wollte. So ein Mist!

Es ist schon fast drei, als ich mich aufmache, um in der Schönhauser Allee zu frühstücken.

Dann gehe ich zu H&M, wo ich eine passende schwarze Jeans für 20 Euro finde. Fehlt noch ein weißes Hemd. Ich finde, dass eine schwarze Jeans mit einem weißen Hemd elegant aussieht. Und ich möchte in diesem Jahr gerne wieder einen Tangokurs machen. Da will ich gut aussehen.

Wieder in der WG gucke ich auf chess24 ein Lehrvideo zur Italienischen Eröffnung.

Um 18 Uhr fahre ich zum Gendarmenmarkt. Um 19 Uhr, habe ich mir aufgeschrieben, beginnt das Konzert. Am Konzerthaus angekommen erfahre ich, dass das Konzert erst um 20 Uhr beginnt. Dass aber schon ab 19 Uhr Einlaß ist. Da habe ich ja noch eine ganze Stunde Zeit bis zum Konzertbeginn. Ich denke mir, dass ich noch ein wenig spazieren gehen werde und nach einem Schnellrestaurant Ausschau halte, wo ich etwas zu essen bekomme. Tatsächlich finde ich ein Bistro, wo es für vier Euro fünfzig eine Pizza Margherita gibt. Ich gehe rein und überlege mir, ob ich noch ein Glas Wein bestellen soll. Ich entscheide mich dagegen. Die Pizza kommt prompt.

Überrascht bin ich, als ich die Rechnung bekomme. Neun Euro! So ein Mist! Die haben mich reingelegt! Ich sage dem Kellner, dass draußen stand, dass diese

Pizza vier Euro fünfzig kosten würde und er meint, dass die Preise draußen nur für die Mittagszeit gelten würden, nicht aber für den Abend. Davon habe ich nichts gelesen. Aber ich habe jetzt auch keine Lust, mich großartig mit dem Kellner zu streiten. Ich zahle und gehe ins Konzerthaus. Es schneit.

An der Abendkasse bekomme ich meine Eintrittskarte. Ich habe einen Sitz im Chorbalkon. Es ist jetzt halbacht und die Türen zum Konzertsaal werden geöffnet. Ich erinnere mich an meine Heidelberger Zeit, als mein Freund Florian im Uniorchester spielte. Ich habe damals versucht, kein Konzert zu verpassen.

Da ich hinter dem Orchester sitze, kann ich dem Dirigenten beim Dirigieren zusehen. Um mich herum sitzen junge Paare. Normalerweise würde ich hier auch mit meiner Liebsten sitzen. Blöder Verfassungsschutz. Blöder.

Als erstes wird Beethovens IX. Symphonie gespielt. Dann - nach einer fünfundzwanzig minütigen Pause – ist Orffs Carmina Burana dran. Ein gewaltiges Werk. Ich bin begeistert. Eine Aufführung von Carmina Burana würde ich mir jederzeit wieder ansehen. Gegen elf fahre ich mit der U2 nach Pankow. Gerhard Wiener hat mir eine SMS geschrieben, dass er morgen schon um acht am S und U Bahnhof Pankow losfahren will.

8.   Januar 2017

Um kurz vor acht bin ich am S und U Bahnhof Pankow. Gerhard kommt um die Ecke. Wir sind eine halbe Stunde vor Spielbeginn in Steglitz. Heute sind wir beim Tabellenführer. Wir haben unsere Mannschaft um zwei jugendliche Spielerinnen verstärkt. Mit den

Schmutzerschwestern an Brett sieben und acht machen wir die platt. Die beiden Mädchen spielen schon sehr gut. Viel besser als alle anderen Spieler, die in dieser Liga an den Brettern sieben und acht spielen.

Mein Gegner hat ungefähr die gleiche Wertungszahl wie ich. Er überläßt mir jede Initiative und macht nur Verteidigungszüge. Die Partie steht hoffnungslos verloren für ihn, als mein Handy klingelt. Die Schiedsrichterin eilt herbei und wertet die Partie 'gewonnen' für meinen Gegner. Ich hatte keine Ahnung davon, dass ein Handyklingeln zum sofortigen Verlust der Partie führt. Jetzt weiß ich es. Mist! Schon die dritte Partie in der Saison, die ich verschenke. Hoffentlich beeinflußt meine Partie nicht das Mannschaftsergebnis. Die Gegner der beiden Schmutzerschwestern sind chancenlos und wir gewinnen mit fünf zu drei Punkten. Damit sind wir neuer Tabellenführer. Unser Mannschaftsführer jammert, dass wir normal mit sechs zu zwei gewonnen hätten und er jetzt ein Bier zahlen müsse, da er auf einen sechs zu zwei Sieg gewettet habe.

Wieder in Pankow lege ich mich erstmal hin. Dass ich eine gewonnene Partie verschenkt habe, ist ärgerlich. Aber es ist nichts gegen das, was mir in meinem Leben alles kaputt gemacht wurde. Darüber darf ich nicht nachdenken. Schnell aufstehen und was Anderes machen. Ich möchte an meinem Buch weiterschreiben. Ab dem 16.6.2013 habe ich nur noch kleine Zettel, auf denen ich die Stimmen mitgeschrieben habe sowie meine eigenen Gedankengänge notiert habe. Ich hole das Tagebuch vom Juni 2013 und schreibe alles auf, was mir vom 17.6. 2013 bis zum 23.6.2013 erzählt wurde.

Ich lese am 14.6.2013:

„Du hast ständig mit schrecklichen und grausamen Menschen zu tun gehabt."

„Dass aus dir einmal der mutigste Mann der Welt werden würde, hätten wir niemals für möglich gehalten."

Ich auch nicht.

Ich spiele noch ein paar Partien Stratego, bevor ich fernsehen gehe.

9. Januar 2017

Um kurz nach sieben ruft mein Vater an und meint, dass ich am nächsten Wochenende nicht zu kommen brauche. Im Haus sei es kalt und das Wasser sei abgestellt. Dafür würden meine Eltern am Ende der Woche nach Berlin kommen und mir ein weiteres Weihnachtsgeschenk mitbringen. Einen gebrauchten Computer auf dem Windows 10 laufen würde. Damit ich nicht mehr auf den Computer von meinem Mitbewohner angewiesen bin.

Ich habe letzte Nacht schlecht geschlafen. Normalerweise schlafe ich immer sehr gut. Ob das an dem neuen Medikament zur Senkung von Blutdruck und Puls liegen könnte?

Ich fahre in die BTS nach Buch. Nach dem Frühstück lese ich Zeitung. Dann lege ich mich in den Ruheraum. Nach etwa einer Stunde stehe ich auf und lese 'Nachtzug nach Lissabon'.

Nach dem Mittagessen ist Literaturgruppe. Wir lesen wieder in den Känguru - Chroniken.

Ich fahre zur KBS nach Pankow. Dort hole ich mir eine Tasse Kaffee und setze mich ans Internet. Ich spiele

Schach. Wieder in der WG schreibe ich weiter an meinem Buch. Am 15.6.2013 findet sich wieder ein langer Eintrag:

„Wir hielten dich für einen Straftäter."

„Wir konnten nicht glauben, dass es so etwas Gutes wie dich gibt."

„Wir dachten du verarscht uns."

„Es tut uns leid."

„Du hast nichts Schlimmes getan."

„Du warst hochbegabt. Du hättest Professor werden können."

„Du bist der hochbegabteste Mensch, den ich je gesehen habe."

„Tut uns leid."

„Du bist dein Leben lang behindert worden - ohne es zu merken."

„Du warst der ahnungsloseste Typ der Menschheit."

„Du bist der ahnungsloseste Mensch, den ich je gesehen habe."

„Das ist der größte Justizskandal, den es je gegeben hat."

„Du bist ein ruhiger, lieber und fähiger Typ gewesen."

Da mir am 15.6.2013 so viel erzählt wurde, entscheide ich mich ich über den zweiten Teil morgen zu berichten. Ich spiele noch einige Partien Stratego und schaffe eine kleine Siegserie. Um kurz nach zehn gehe ich ins Bett und schalte den Fernseher ein. Im Fernsehen läuft ein James Bond Film, den ich schon einmal gesehen habe. Ich schlafe ein.

10. Januar 2017

Kurz nach neun wache ich auf. Ich habe geträumt, dass ich mit einem türkischen Klassenkameraden aus meiner Grundschulzeit ein Segelboot bauen würde.

Um halbzehn bin ich im Via - Büro. Weil aber kein Raum frei ist, verabrede ich mich mit Herrn Böhme für morgen Nachmittag. Ich fahre zur KBS. Dort lasse ich mich fürs Abwaschen eintragen und gehe ins Internet, um Schach zu spielen.

Es gibt heute Blutwurst mit Kartoffeln und Sauerkraut. Als Nachtisch gibt es Vanillepudding. Der ist sehr lecker. Ich hole mir noch ein zweites Schälchen mit Pudding.

Nachdem ich die Töpfe abgewaschen habe, fahre ich zurück in die WG.

In der WG lege ich mich erst mal hin und schlafe eine halbe Stunde. Dann putze ich das Bad. Das Bad ist wieder einmal so verdreckt, dass mich das Gefühl beschleicht, dass ich irgendwie der Einzige in der WG bin, der das Bad putzt. Ich spiele ein paar Partien Stratego im Internet. Dann gehe ich einkaufen. Ich kaufe Klopapier, Duplo, Butterkekse und eine Pepsi Light Lemon. Ich schlage den 15.6.2013 nach und schreibe weiter an meinem Buch:

„Wir wissen du bist ein Held."

„Dir wurde das Leben immer schwerer gemacht und du bist immer cooler und sensibler geworden."

„Du bist ein völlig gesunder, intelligenter Typ."

„Du bist ein Streber und besonders sensibler Typ geworden."

„Du hast eine grausame Familie gehabt."

„Deine Familie hat dich ruiniert, obwohl du ein liebenswürdiger Mensch warst, der unglaublich viel Energie, Hoffnung und Liebe hatte."

Das hatte ich wirklich. Jetzt ist davon allerdings nicht mehr viel übrig geblieben. Geheimdienste haben aus mir ein krasses Opfer von Geheimdienstwillkür gemacht. Dass ich als superkrasses Geheimdienstopfer keinerlei Wiedergutmachung bekomme, ist ein grobes Unrecht und sehr frustrierend. Dass die Amerikaner so unfair und gemein sein können, ist sehr enttäuschend. Dass ich einmal der Willkür eines deutschen Geheimdienstes und dann auch noch der Willkür eines amerikanischen Geheimdienstes ausgeliefert sein könnte, hätte ich nicht für möglich gehalten.

Ich spiele noch einige Partien Stratego und dann schaue ich mir einen Liebesfilm im Fernsehen an.

11. Januar 2017

Ich fahre in die BTS nach Pankow. Dabei habe ich heute drei Seiten meines Buches für Felix Graf. Es soll eine erste Leseprobe sein. Außerdem habe ich eine Frage zu einer Stelle aufgeschrieben, die mir besonders wichtig ist. Um halbelf beginnt die Gesprächsgruppe. Frau Kissinger ist heute krank. Die Gruppe wird heute nur von Dr. Vogel geleitet. Außer Herrn Dr. Vogel ist heute auch eine Praktikantin der KBS dabei - eine Psychologiestudentin. Sie heißt Miriam.

Sie erzählt, dass sie seit langer Zeit schon die unterschiedlichsten Texte schreiben würde. Ich erwähne, dass ich auch schon seit meiner Jugend schreibe. Neben philosophischen Reflexionen auch Kurzgeschichten. Ich muss ihr versprechen, dass ich in der kommenden Woche eine eigene Kurzgeschichte mitbringe.

Nachdem Mittagessen ist Gartengruppe und ich bin der Einzige, der aus der Gruppe da ist. Frau Möhring und ich räumen verschiedene Gartengeräte aus einem Kellerraum in einen anderen. Danach versuchen wir herauszufinden, welche der Zimmerpflanzen in der BTS gedüngt werden müssen. Frau Möhring hat zu jeder Pflanze einige Seiten mit Infos aus dem Internet ausgedruckt.

Um halbdrei verlasse ich die Tagesstätte und fahre ins Via - Büro. Herr Böhme ist allerdings nicht da. Ich soll es am Abend nochmal versuchen.

Ich fahre zur KBS. Der Raum, in dem sich der Computer befindet, ist besetzt. Ich setze mich also zu den älteren Damen, die Karten spielen. Wir spielen Skipbo. Ein Kartenspiel bei dem es darum geht, einen Stapel Karten durch geschicktes Anlegen so schnell wie möglich los zu werden.

Durch die Fenster beobachte ich das Schneetreiben draußen. Ich denke mir wieder einmal: 'Ich sitze meine Zeit ab.' Der deutsche und der amerikanische Geheimdienst haben mir alles, was mir wichtig war, kaputt gemacht. Jetzt ist die Welt für mich zu einem Gefängnis geworden und ich besuche irgendwelche schwachsinnigen Gruppen, um mich zu beschäftigen. Alles, was mir wirklich am Herzen lag, ist kaputt.

Um fünf gehe ich in den Computerraum und spiele noch ein paar Partien Schach im Internet. Um sechs Uhr schließt die KBS und ich fahre nach Hause. Im Via - Büro treffe ich Herrn Böhme. Ich habe die Eingangsbestätigung meiner Klage gegen die Rentenversicherung vom Sozialgericht dabei. Ich möchte, dass Herr Hofer vom Jobcenter eine Kopie davon bekommt, damit er den aktuellen Stand meiner Bemühungen um eine berufliche Reha kennt.

In der WG freue ich mich über das Bad, das vor Sauberkeit glänzt. Ich setze mich in das Wohnzimmer an den Computer und lese am 16.6.2013 den Eintrag:

„Es tut uns leid.“

„Es tut uns leid, was wir aus dir gemacht haben.“

„Wir haben dir dein ganzes Leben versaut.“

„Wir hätten mit dir reden sollen.“

„Dann hätten wir gesehen, was für ein wunderbarer Mensch du geworden bist.“

„Dein Vater hat uns krassen Mist erzählt.“

„Du konntest dich nicht wehren.“

„Du bist der friedlichste und mutigste Mann der Welt.“

„Du bist Opfer des größten Justizskandals der Geschichte geworden.“

„Wenn wir vorher gewußt hätten, was für Gedanken du hast, wäre uns das nicht passiert.“

„Tut uns leid, dass du hinter das modernste Abhörsystem der Welt gekommen bist.“

12. Januar 2017

Heute ist Ausflugsgruppe. Wir fahren ins Bode Museum. Ich schaue mir byzantinische Kunst, mittelalterliche Skulpturen und die Münzsammlung an. Ich denke mir: 'Geheimdienste haben mir mein ganzes Leben versaut. Das ganze Leben ist versaut. Das ganze Leben.'

Gegen eins treffen wir uns im Museumscafe. Wir bekommen ein Getränk ausgegeben. Ich nehme eine heiße Schokolade.

Auf der Rückfahrt steige ich an der Haltestelle Eberswalder Straße aus. Ich esse eine Pizza für drei Euro und fünfzig. Dann fahre ich zurück in die WG. Dort lege ich mich hin. Um fünf klingelt es. Wir haben WG Gespräch. Herr Dinawski von Via fragt, ob wir alle zufrieden sind. Alle sind zufrieden. Ich denke mir, dass das Bad alle drei Wochen sauber gemacht wird. Immer dann, wenn der Putzplan vorsieht, dass ich das Bad putze. Ich sage aber nichts.

Ich gehe zu Lidl und kaufe mir Duplo und Butterkekse. Ich spiele ein paar Partien Schach.

Am Abend schlage ich den 17.6.2013 auf:

„Du warst ein gesunder und sehr begabter junger Mann."

„Dein Vater war ein Stalker und ein verrückter Mistkerl."

„Dein Vater hat dir deine ganzen Verliebtheiten kaputt gemacht, deine politische Karriere und deine wissenschaftlichen Ambitionen."

„Dein Vater hat dir alles kaputt gemacht."

„Du hättest Prof werden können."

„Du hättest eine Familie haben können."

„Der Verfassungsschutz hat – aus Versehen – einen Helden aus dir gemacht."

„Du bist der romantischte und liebste und vernünftigste Mensch der Welt."

„Du hast immer versucht, alles richtig zu machen."

„Dein Vater war ein Arschloch."

„Tut uns leid."

Ich schalte den Fernseher ein und schau mir 'Mordkommission Istanbul' an.

13. Januar 2017

Geträumt. Heute Nacht habe ich geträumt, dass ich zusammen mit Freunden Sylvester feiern würde und, dass ich währenddessen eine schöne Frau kennenlernen würde, mit der ich Zärtlichkeiten austausche. Leider wache ich auf und nichts ist mit Zärtlichkeiten. Ich bin wieder nur ein superkrasses Geheimdienstopfer. Meine Realität bleibt ein Albtraum.

Ich fahre in die Erich Weinert Straße zu meinem Zuverdienst. Ich trinke Kaffee und lese Zeitung. Es läuft eine CD von Kate Bush. Die Musik ist ganz okay für mich.

Am Schachtisch spiele ich eine Variante nach, die ich in dieser Woche gegen einen sehr starken Gegner im Internet gespielt habe.

Um eins fahre ich zum 'Wandel', wo ich Mittagessen gehe.

Anschließend fahre ich zurück nach Pankow. Im Via - Büro treffe ich Herrn Böhme. Allerdings ist kein Raum frei. Ich sage, dass es derzeit sowieso nichts zu besprechen gibt. Wir verabreden uns für nächsten Freitag. In der WG setze ich mich an den Computer und analysiere die Variante, die ich mir heute früh angeschaut habe. Dabei finde ich eine einfache Antwort auf die Frage, die sich mir am Vormittag stellte. Ich spiele noch einige Partien Stratego und dann setze ich mich wieder an mein Buch. Ich schlage den 18.6.2013 auf:

„Dein Vater war ein Sadist.“

„Und wir haben ihm geholfen, dein Leben kaputt zu machen."

„Tut mir echt leid."

„Dein Vater war ein Riesenmistkerl, ein Wolf im Schafspelz."

„Dein Vater war ein Psychopath."

„Tut uns leid."

„Tut uns leid."

„Wir hätten mit dir reden sollen."

Es ist jetzt kurz nach sieben und ich entscheide mich, dass ich jetzt zum Clubabend meines Schachvereins fahre und morgen den zweiten Teil berichten werde. Die von mir analysierte Eröffnungsvariante spiele ich gegen Liam. Liam kommt aus Südengland und besucht seit Kurzem unseren Spielabend. Die meisten Spiele kann ich für mich entscheiden. Am späten Abend gewinne ich sogar gegen meinen Mannschaftskameraden Gerhard Wiener, der eine Ratingzahl hat, die mehr als hundert Punkte besser ist als meine eigene.

14. Januar 2017

Kurz nach neun stehe ich auf. Ich spiele ein paar Partien Stratego. Dann braucht mein Mitbewohner den Computer. Ich fahre in die Stadt zum Frühstücken. Nach dem Frühstück habe ich noch eine halbe Stunde Zeit. Ich gehe ins Internet und spiele Stratego. Um halbzwei bin ich an der KBS, wo wir uns treffen, um zum Speedbowling zu gehen. Um zwei sind wir im Bowlingcenter. Wir belegen drei Bahnen. Ich denke wieder einmal: 'Der Verfassungsschutz hat ein gutes Leben kaputt gemacht.'

Das Bowling lenkt mich davon ab, mir weitere Gedanken über mein Schicksal zu machen. Schnell gehen zwei Stunden herum. Ich gehe ins Internetcafe und spiele Stratego. Wieder in der WG schreibe ich weiter an meinem Buch. Ich schlage den 18.6.2013 nach:

„Dass es so was Böses wie deinen Vater gibt, hätte ich mir nicht vorstellen können."

„Dass es so was Gutes wie dich gibt, hätte ich nie für möglich gehalten."

„Es tut uns leid, was wir dir angetan haben."

„Dein Vater war der jammervollste Typ der Menschheit und du bist der hoffnungsvollste Typ der Welt."

„Du hattest dein Leben lang mit menschlichen Abgründen zu tun."

„Dass du gesund geblieben bist, ist ein Wunder."

Ich gehe in mein Zimmer und schaue mir im ZDF den Kriminalist an.

15. Januar 2017

Kurz nach neun klingelt mein Handywecker. Ich mache mich auf den Weg in die Kirche. Früher, als ich noch in Heidelberg studiert habe, bin ich öfter zusammen mit meinem Freund Elias in die Kirche gegangen. Im Anschluß an den Gottesdienst haben wir meistens ausgiebig gefrühstückt und uns über die Predigt unterhalten. Heute sind meine Freunde von früher über Deutschland und die Welt verstreut und die guten Gespräche und Diskussionen fehlen mir sehr. Wenn ich jetzt in die Kirche gehe, dann denke ich mir manchmal, dass vielleicht der eine oder andere Freund von früher gerade ebenfalls einen Gottesdienst besuchen könnte und wir so in gewisser Weise unsichtbar verbunden sind.

Auch wenn meine eigenen Ziele kaputt gemacht wurden und aus mir ein frustriertes Geheimdienstopfer geworden ist, glaube ich immer noch, dass es das Gute in der Welt gibt und, dass die meisten Menschen eigentlich dieses Gute anstreben.

Auch habe ich die Hoffnung, dass die Wahrheit eine starke Macht ist, die sich gegenüber der Lüge durchsetzen wird. So habe ich selbst, als ich 2012 auf das Übelste beschimpft wurde, in mein Tagebuch geschrieben: 'Es gibt Wahrheit. Es gibt echte Fragen und echte Antworten.'

Und 2013 hat sich eben diese Wahrheit, die echte Wahrheit, bei den Deutschen, mit denen ich zu tun hatte, durchgesetzt.

Lügen verdunkeln die Welt. Lügen haben keine Seinsmacht. Die Wahrheit bleibt. Die Wahrheit macht das Seiende transparent für das Sein selbst.

Die Dompredigerin erzählt vom Volk Israel, als es durch die Wüste gewandert ist. Ich denke mir, dass der deutsche und der amerikanische Geheimdienst aus meiner Welt eine Wüste gemacht haben, durch die ich mit größter Wahrscheinlichkeit für den Rest meines Lebens wandern werde. Ich denke mir, dass ich es wohl nicht mehr erleben werde, dass der Verfassungsschutz die Verantwortung für das übernimmt, was er mir angetan hat.

Nach dem Gottesdienst gehe ich in der Eberswalder Straße eine Pizza essen. Danach gehe ich in meine Lieblingsbäckerei in der Schönhauser Allee. Dort trinke ich Kaffee und esse ein Stück Käsetorte und ein

Stück Bienenstich. Den Nachmittag verbringe ich im Internetcafe mit Stratego.

Ich spiele Stratego und Schach wie Andere Alkohol trinken. Es geht darum, sich von dem eigenen beschissenen Schicksal abzulenken.

Wieder in der WG hole ich mein Tagebuch hervor. Ich lese am 19.6.2013:

„Ich habe noch nie einen Menschen mit so einer guten Intuition gesehen."

„Es tut uns leid, dass wir dich zu einem besonders sensiblen Menschen gemacht haben."

„Es tut uns wirklich leid."

Am Abend habe ich keine große Lust auf den Tatort und setze mich an den Computer, um Stratego zu zocken.

16. Januar 2017

Um kurz nach 8 stehe ich auf. Ich fahre nach Buch. Nach dem Frühstück begleite ich Max zum Einkaufen. Wir kaufen Gemüse für einen Auflauf.

Zurück in der Tagesstätte helfe ich beim Gemüseschnippeln. Um halbzwölf lege ich mich kurz hin. Und kurz nach zwölf setze ich mich wieder zu den Anderen und lese 'Nachtzug nach Lissabon.'

Um halbeins gibt es den Gemüseauflauf. Der schmeckt ganz lecker.

Nach dem Mittagessen ist Literaturgruppe. Wir lesen wieder einmal in den Känguru - Chroniken.

Um drei fahre ich in die KBS. Ich setze mich an den Rommetisch. Es gibt Kaffee für 30 Cent und dazu gibt es heute belegte Brötchen für 30 Cent. Ich denke mir, dass es hier warm ist und der Kaffee schmeckt und die Brötchen schmecken auch und ich schlage die Zeit tot. Und alles, was ich im Leben wirklich leben wollte, wurde mir kaputt gemacht. Und es gibt kein Gericht. Und es gibt keine Wiedergutmachung und kein Schmerzensgeld. So ein Mist!

Der doofe Verfassungsschutz hat aus einem Streber einen arbeitslosen Psychotiker gemacht und die bescheuerten Amerikaner haben dafür gesorgt, dass dieses krasse Unrecht bestehen bleibt und haben sogar noch ein weiteres Unrecht hinzugefügt, indem sie aus mir einen impotenten arbeitslosen Psychotiker gemacht haben. Da fällt mir ein, dass ich kürzlich von einer Rede der amerikanischen Schauspielerin Meryl Streep bei der Verleihung der Golden Globes gelesen habe, in der sie kritisierte: „Wenn die Mächtigen andere tyrannisieren, verlieren wir alle."

Genau das ist es, was die Amerikaner in meinem Fall machen: 'Eine Tyrannei der Mächtigen'.

Dabei scheißen die Amerikaner auf die Menschenrechte – zumindest die, mit denen ich es zu tun bekommen habe.

Um fünf setze ich mich an den Computer und beteilige mich an einem Schachturnier im Internet. Während des Spielens vergesse ich, was der deutsche und der amerikanische Geheimdienst aus mir gemacht haben.

Um sechs schließt die KBS und ich gehe ins Internetcafe, um ein weiteres Schachturnier zu spielen. Dabei vergesse ich, dass ich heute Abend eigentlich ein Hemd und einen Pullover bei C&A kaufen wollte. Am späten Abend schreibe ich wieder die Wahrheit über mein Leben auf, wie sie mir von den Deutschen 2013 erzählt wurde. Ich schlage den 20.6.2013 nach:

„Du hast immer versucht, Dunklem auszuweichen, biophile Wege zu suchen und zu gehen."

Ich denke mir: 'Stimmt!'

Ich lese einen Kommentar von mir, den ich am 20.6.2013 niederschrieb:

‚Wenn ihr die Möglichkeit habt, Wahrheit festzustellen, frage ich mich, welche Möglichkeit ihr habt, aus der Erkenntnis der Wahrheit Recht herzustellen.'

Ich lese weiter:

„Dein ganzes Leben lang haben wir dich behindert."

„Wir dachten du seist Täter."

„Dabei warst du Opfer."

„Tut uns leid, was wir gemacht haben."

„Du hättest ne Freundin und ne Familie haben können."

„Du hättest Prof werden können."

Es ist spät geworden. Ich gucke noch ein wenig ZDF Info.

17. Januar 2017

Kurz vor zehn stehe ich auf. Um zehn wollen meine Eltern da sein. Ich bringe den Müll runter. Gegen halbelf kommen meine Eltern und bringen den Computer mit, den sie mir versprochen haben.

Wir laufen zum Rathaus. In der Nähe vom Rathaus Center gehen wir zu einem Griechen. Vor dem Essen gibt es Oliven mit Weißbrot. Das erinnert an Portugal. Ich esse heute Schweinemedaillons mit Kartoffeln und Bohnen. Das schmeckt ganz gut. Vor allem die Kartoffeln und die Bohnen sind gut gelungen.

Nach dem Essen fahren meine Eltern zurück nach Fürstenberg. Ich lege mich hin.

Um drei setze ich mich ins Wohnzimmer und schreibe weiter an meinem Buch.

Am 21.6.2013 lese ich:

„Du hast nichts Schlimmes getan."

„Du bist aber in deinem Leben nach Strich und Faden verarscht worden."

„Du wurdest die ganze Zeit angelogen und alle haben mitgemacht."

„Du hast geniale Sachen geschrieben."

„Du bist ein sehr begabter Mensch gewesen."

Ich schreibe einige Gedankengänge in mein Tagebuch. Im Internet möchte ich die Seite 'Kurzgeschichten.de' besuchen und lande auf der Seite 'Wortkrieger.de'. Die Seite, auf der ich eine eigene Kurzgeschichte veröffentlicht habe, hat jetzt offensichtlich einen neuen Namen. Außerdem werden nicht mehr nur Kurzgeschichten veröffentlicht, sondern auch Romane. Sehr gut. Damit habe ich eine Möglichkeit gefunden, meine Geschichte im Netz zu veröffentlichen. Ich suche nach meiner Kurzgeschichte aus dem Jahr 2004. Schließlich finde ich sie und mache mir einen Ausdruck.

Am späten Abend spiele ich noch einige Partien Stratego und dann schaue ich noch etwas fernseh.

18. Januar 2017

Wir haben Mittwoch. Um kurz vor neun überrede ich mich aufzustehen. Ich fahre in die BTS in die Siegfriedstraße. Da Herr Dr. Vogel und Frau Kissinger heute beide nicht da sind, wird die Gesprächsgruppe von der Praktikantin Miriam geleitet. Ich lese die Kurzge-schichte vor, die ich vor mehr als zehn Jahren ge-schrieben habe. Es handelt sich um eine autobio-graphische Geschichte. Es geht um ein Schachcafe und eine meiner ersten Verliebtheiten. Vieles würde ich heute wahrscheinlich nicht mehr so schreiben. Manches kommt mir irgendwie übertrieben vor. Aller-dings ist die Geschichte auch überraschend gut in der Lage, mich in die Zeit einer heftigen Verliebtheit mit Anfang zwanzig zurück zu versetzen. Vieles ist einfach auch sehr authentisch.

Die Geschichte kommt bei den Teilnehmern der Ge-sprächsgruppe gut an. Bernd meint, dass ihm die Ge-schichte viel gegeben habe. Das freut mich.

Bernd erzählt, dass er das Gefühl hat, noch irgendet-was machen zu wollen. Bisher habe er aber alles nach kurzer Zeit abgebrochen. Und er habe Angst, dass, wenn er irgendetwas anfangen würde, er dies wieder nach kurzer Zeit abbrechen würde. Ich denke mir, dass ich gerne eine Ausbildung zum NLP Coach ma-chen würde. Doch daraus dürfte wohl nichts mehr werden. Denn selbst wenn ich die Ausbildung fi-nanziert bekäme, dann hätte ich doch keinen Raum, wo ich die Kunden empfangen könnte. Ich überlege mir kurz, ob ich vielleicht meine Dienste erst einmal nur über das Internet anbieten könnte.

Aber ich halte mich nicht lange bei dem Gedanken auf, da ich mir die Ausbildung zu einem NLP Coach im Moment sowieso nicht leisten kann.

Am Nachmittag ist wieder Gartengruppe. Ich bin heu-te immerhin nicht der Einzige. Georg ist heute auch da. Wir machen aus einer vertrockneten Pflanze kleine Stücke, die wir im Biomüll entsorgen.

Dann gehen wir die Pflanzen in den verschiedenen Räumen der Tagesstätte ab und Frau Möhring liest aus den Informationen, die sie aus dem Internet hat, vor, was für die jeweilige Pflanze besonders wichtig ist.

Um kurz vor drei verlasse ich die BTS und fahre zur KBS Pankow. Dort wird heute Romme gespielt. Ich setze mich dazu. Um kurz vor fünf gehe ich ins Internet und lese meine Emails. Ich habe eine Mail von Silke - eine gute Bekannte aus der Zeit, als ich noch in Heidelberg studiert habe. Kennengelernt habe ich sie in Ludwigsburg, wo sie bei meiner Großmutter zur Untermiete wohnte.

Wir hielten telefonisch Kontakt und sie besuchte mich zweimal in Heidelberg.

Sie hat mir am 16. Januar geschrieben, dass sie am 18. Januar zu einer Konferenz in Berlin sei und ob ich da vielleicht am Abend Zeit hätte. Ich schreibe ihr, dass ich heute Abend Zeit habe und sie sich am besten übers Handy melden soll, wenn sie meine Email noch rechtzeitig erhält.

Kurze Zeit später klingelt mein Handy und Silke ist dran. Sie sagt, dass sie heute Abend Zeit hat und sich freuen würde, wenn wir uns treffen könnten. Sie würde sich in 'Stadtmitte' befinden und ich solle einen Vorschlag für einen Treffpunkt machen. Ich schlage vor, dass wir uns an der S Bahn Station 'Hackescher Markt' treffen. Damit ist Silke einverstanden und wir vereinbaren, dass wir uns um 19 Uhr dort treffen wollen. Es ist jetzt kurz vor sechs. Ich gehe noch für eine halbe Stunde ins Internetcafe. Auf Facebook gibt es eine Gruppe ' Tanzpartner Tango Nou'. Dort schreibe ich eine Anzeige, dass ich nach drei Jahren Pause wieder Tango tanzen möchte und, dass ich eine Partnerin für den Basikkurs für Montag oder Dienstag suche. Um halbsieben steige ich an der S Bahnstation Pankow in die S2 ein. Ich fahre bis zur S Bahnstation Friedrichstraße und von dort zur S Bahnstation Hackescher Markt. Fünf vor sieben bin ich da. Silke kommt etwa fünfzehn Minuten nach sieben. Sie hatte noch einen Aufenthalt aufgrund eines Notarzteinsatzes.

Wir gehen in ein Bistro, das direkt am Hackeschen Markt liegt. Ich meinte mich daran erinnern zu können, dass ich mit meinem Onkel am Hackeschen Markt ein Bier trinken gegangen bin, welches selbstgebräut war. Doch hier gibt es nur Flaschenbier. Das ist aber so teuer, als ob es selbstgebräut wäre.

Silke erzählt mir, dass sie in der Zwischenzeit für das bayrische Sozialministerium arbeiten würde.

Ich erzähle ihr, dass ich begonnen habe, meine Geschichte aufzuschreiben. Als ich ihr erzähle, dass ich glaube, dass die Geheimdienste auch auf die Sexualität Einfluß nehmen können, reagiert sie mit Unglauben. Ich denke mir, dass die meisten Menschen über die Möglichkeiten der Geheimdienste keine Ahnung haben. Und ich hätte normalerweise auch keine Ahnung davon, wenn ich nicht selbst ein superkrasses Geheimdienstopfer geworden wäre. Silke sind die Zweifel ins Gesicht geschrieben. Wieder einmal frage ich mich, wie ich rüberbringen kann, dass die Stimmen, die ich gehört habe, absolut 'authentisch' waren.

Ich erzähle ihr von den Agenten, mit denen ich es Ende des Jahres 2013 zu tun bekommen habe.

Agenten, die genau darüber Bescheid wußten, was ich 2013 gedacht und gemacht habe.

Das habe ich mir nicht eingebildet und das war niemals Zufall. Nie im Leben war das Zufall.

Silke meint, dass sie es toll findet, dass ich die Kraft habe, die Geschichte aufzuschreiben. Das sei auf jeden Fall eine gute Sache.

Sie sagt, dass sie es gut findet, dass ich Tätigkeiten gefunden habe, die mich von der Geheimdienstgeschichte ablenken. Ich erzähle ihr von den schwachsinnigen 'Gefängnisgruppen', die ich besuche, worauf sie davon spricht, dass ihr ihr Leben auch oft wie ein Gefängnis vorkommen würde. Im Ministerium müsste sie funktionieren, wie ein Rädchen im Getriebe und am Abend und am Samstag würde sie sich total ausgelaugt vorkommen. Das erinnert mich an meine Referendariatszeit in Stuttgart. Ich kam mir damals ständig überfordert vor und hatte das Gefühl, dass mir für eine gute Unterrichtsvorbereitung zu wenig Material und Zeit zur Verfügung stehen würde. Ich musste ständig Kompromisse machen und ich wurde während der ganzen Zeit den Eindruck nicht los, dass die Überforderung ein Teil der Ausbildung sei.

Ich glaube heute, dass mir die wissenschaftliche Arbeit vielleicht besser gelegen wäre, da ich hier mehr Zeit gehabt hätte, um mir auf einem bestimmten Gebiet Expertenwissen anzueignen.

Kurz vor zehn verlassen wir das Lokal. Ich begleite Silke noch bis zur S Bahnstation Friedrichstraße. Dann trennen sich unsere Wege.

Wieder zurück in der WG habe ich keine Lust mehr an dem Buch weiterzuschreiben. Ich lege mich hin und lasse mich vom Fernseher berieseln.

19. Januar 2017

Geträumt. Heute habe ich davon geträumt, dass ich noch mit Stephanie zusammen wäre. Wieder nur ein Traum. Dass ich keine Beziehung mehr haben kann, finde ich am ärgsten. Ich bin der Meinung, dass ich das den bescheuerten Amerikanern zu verdanken habe, denn im Jahr 2013 hatte ich noch ein normales Sexleben. Das ist im Laufe des Jahres 2014 verloren gegangen. Damit ist mir etwas genommen worden, das ich immer für sehr wichtig gehalten habe. Vielleicht kann man sogar sagen, dass ich ein aktives Sexleben für das Wichtigste im Leben gehalten habe. Also vielleicht neben dem Tangotanzen.

Ich fahre in die BTS Pankow. Heute haben wir Ausflugstag. Da wir rechtzeitig los müssen zu einer Vorführung im Zeiss Großplanetarium, frühstücken wir zehn Minuten früher als sonst. Auf der Fahrt erzählt Felix, dass er sich gern einen Raum mieten möchte für einen Tag in der Woche, um an diesem Tag Soziotherapie anzubieten. Er meint, dass ein Praxisraum für einen Tag in der Woche 130 Euro im Monat kosten würden. Ich denke mir, dass ich auch gerne an zumindest einem Tag in der Woche als NLP Coach arbeiten würde. Ob ich irgendwann einmal so viel verdiene, dass ich mir das leisten kann?

Die Vorführung im Großplanetarium heißt 'Wunder des Lebens' und handelt von Darwin und seiner Entdeckung der natürlichen Auslese. Die Stimme des Erzählers und die Musik wirken irgendwie sehr beruhigend. Ich habe Mühen mich wach zu halten.

Die ganze Show dauert von 11- 12 und ich bin offensichtlich nicht der Einzige, der mit dem Schlaf zu kämpfen hatte. Denn, als die Vorführung beendet ist, fragt mich Felix, der neben mir saß, ob er geschnarcht hätte.

An der S Bahnstation Prenzlauer Allee gehen wir in eine nahegelegene Bäckerei, wo wir einen Kaffee ausgegeben bekommen. Anschließend ist es etwa eins und ich fahre zum Alex und gehe ins 'Wandel', wo ich zu Mittag esse.

Nach dem Mittagessen fahre ich zu meiner Hausärztin. Dort bekomme ich ein Rezept für mein Schilddrüsenmedikament und eins für neue Vitamin B12 Ampullen. Außerdem mißt die Arzthelferin meinen Blutdruck. Der ist ziemlich gut. Offensichtlich wirkt das Medikament, das meinen Blutdruck und den Puls senken soll.

Ich gehe in eine Bäckerei, trinke nen Kaffee und esse ein Stück Marmorkuchen. Anschließend gehe ich in den Media Markt, um einen USB Speicherstick zu kaufen. Neben dem Speicherstick kaufe ich mir noch ein Computerspiel für den PC. Siedler III. Ein Strategiespiel. Es kostet nur sieben Euro. Ich denke, dass ich da nicht viel falsch machen kann.

Wieder in der WG speichere ich gleich eine Fassung des bisher Geschriebenen auf dem USB Stick. Dann möchte ich das neue Computerspiel ausprobieren. Aber es läuft nicht. Auf dem Bildschirm erscheint eine Nachricht, dass ich nicht über die nötigen Systemvoraussetzungen verfügen würde. Ich bin enttäuscht und spiele eine Partie Stratego.

Um fünf kommt ein Via Mitarbeiter zum WG Gespräch. Aber ein Mitbewohner ist nicht da und der andere Mitbewohner ist krank.

Ich setze mich an mein Buch und ich schlage den 22.6.2013 auf:

„Wir dachten, dass wir die Welt vor dir beschützen müssten."

„In Wirklichkeit bist du ein Verfassungspatriot und ein Streber und ein besonders sensibler Mensch geworden."

„Wir behindern dich in deinem Leben schon seit deiner Kindheit."

„Wir haben dafür gesorgt, dass ein Philanthrop keine Freundin bekommt, keine Karriere in der Politik machen kann und wir haben deine wissenschaftlichen Ambitionen kaputt gemacht."

„Jetzt weißt du, warum du für uns ein Held geworden bist."

„Weil du dich die ganze Zeit nicht unterkriegen lassen hast, obwohl wir dich mit den miesesten Methoden bekämpft haben."

„Du hast immer von Familie geträumt und wir haben dir deine Beziehungen kaputt gemacht."

„Wir haben uns auf andere Informationen verlassen, statt selbst zu prüfen, was wirklich aus dir geworden ist."

„Du bist ein wundervoller Mensch gewesen."

„Leider bist du so ein Streber und besonders sensibler Mensch geworden, dass du jetzt bewacht wirst."

„Jemand, der unschuldig verfolgt wurde, dem wird nun weiter von staatlicher Seite Unrecht angetan."

„Du sollst nie wiederkehren dürfen."

„Wir sollen dich verrückt machen."

„Du bist der größte Streber, den es gibt."

„Tut mir leid."

Es folgen nun viele „Tut mir leid." und „Tut uns leid."

Auf die vielen „Tut mir leid" habe ich reagiert, indem ich die Deutschen, mit denen ich es zu tun hatte, aufgefordert habe, es nicht beim „Tut mir leid" sein zu lassen, sondern zu handeln und nicht länger Teil eines Unrechts zu sein. Konkret habe ich nun dazu aufgerufen Befehle und Anweisungen zu verweigern, die der Aufrechterhaltung eines Unrechts dienen.

Ich mache den Fernseher an und schaue mir eine Diskussion über die bevorstehende Präsidentschaft von Donald Trump an. Ich denke mir, dass hoffentlich Manches gar nicht so heiß gegessen wird, wie es gekocht wird.

20. Januar 2017

Ich fahre zu meinem Zuverdienst in die Erich Weinert Straße. Es ist nicht viel los. Ich lese Zeitung und trinke Kaffee. Frau Fricke, eine Mitarbeiterin von Prenzlkomm, möchte sich mit mir zusammensetzen. Sie erzählt mir, dass der Zuverdienst nur als eine zeitlich begrenzte Übergangslösung gedacht ist und, dass man von Prenzlkomm aus bemüht sei, bei der Eingliederung in anspruchsvollere Tätigkeiten zu helfen.

Ich erzähle Frau Fricke, dass mich die Arbeit in einem Reisebüro oder die Arbeit als Steuerfachangestellter interessieren würde. Sie meint, dass ich bei einem

Praktikum in einem Reisebüro oder bei einem Steuerberater nur Kaffee kochen würde und schlägt vor, dass ich erst einmal ein Praktikum im geschützten Rahmen machen soll. Sie könnte sich für mich ein Praktikum in der Verwaltung einer Behindertenwerkstatt vorstellen. Sie fragt mich, ob ich mir so eine Form der Arbeitserprobung vorstellen könne und ich sage, dass es für mich okay wäre, erst mal in einer Verwaltung zu arbeiten. Frau Ficke meint, dass sie mal bei Compass anrufen könnte. Die wären in meiner Nähe. Kurze Zeit später teilt sie mir mit, dass sie einen Termin für mich am 10. Februar bei Frau Hänsler bekommen habe.

Ich gehe nach dem Zuverdienst zur Bank. Ich habe noch zweihundert Euro übrig. Die verbrauche ich nicht bis Ende des Monats. Ich denke mir, dass ich mir von dem Geld noch Kleidung kaufen kann.

Zum Mittagessen gehe ich - wie jeden Freitag – ins 'Wandel'. Nach dem Essen gehe ich ins Second Hand Kaufhaus am Alex. Ich finde ein weißes Hemd, das sehr edel aussieht. Es kostet nur 14 Euro.

Als ich wieder in Pankow bin, klingel ich beim Via - Büro. Herr Böhme ist schon nicht mehr da.

Ich gehe ins Wohnzimmer und setze mich an den Computer an mein Buch. Ich schlage den 23.6.2013 auf:

„Sehr viel Geld ging drauf, um dir alles Mögliche kaputt zu machen. Nur um schließlich das Nächstliegende festzustellen. Nämlich, dass du nichts Schlimmes gemacht hast, sondern ein begabter Mensch gewesen bist."

„Du bist Opfer grausamer und schrecklicher Menschen geworden."

„Du hast überhaupt nichts Schlimmes gemacht."

Ich hoffe, dass die Deutschen, mit denen ich 2013 zu tun hatte, weitergeben werden, dass ich in meinem Leben nichts Schlimmes und nichts Verbotenes gemacht habe, dass mir aber vom Verfassungsschutz Schlimmstes angetan wurde.

Ich lese weiter:

„Es ist so schade, so schade, dass wir einen Deppen aus dir machen sollen. So ein wunderbarer Mensch"

Ich lese meinen Kommentar vom 23.6.2013, den ich auf einen Zettel geschrieben habe und mit Tesafilm auf meinen Schreibtisch geklebt habe: *‚Ihr müsst gar nichts! Verpflichtet seid ihr nur eurem Gewissen! Nehmt euch die Freiheit, der Wahrheit einen Weg zu bahnen, der Verfassung einen Weg zu bahnen!'* Außerdem habe ich aufgeschrieben*: ‚Ich fordere von meiner Regierung ein, Gerechtigkeit walten zu lassen.'*

Ich erinnere mich, dass ich vorher extra den Wortlaut der Eidesformel der Bundeskanzlerin im Internet nachgeschlagen habe und darin heißt es:

'Ich schwöre, dass ich [...] Gerechtigkeit gegen jedermann üben werde.'

Am Abend fahre ich zum Clubabend meines Schachvereins. Ich spiele einige Partien gegen einen stärkeren Gegner, die ich alle verliere. Es sind immer nur Kleinigkeiten, die zur Niederlage führen. Ich denke mir, dass ich, wenn ich einen guten Tag habe, auch mal ein Spiel gewinnen würde. Ich spiele gegen Liam und kann die Mehrzahl der Partien gewinnen.

Als ich mich auf den Heimweg mache, ist es schon halbzwölf.

21. Januar 2017

Ich schlafe aus. Nachdem ich aufgestanden bin, setze ich mich ins Wohnzimmer und spiele einige Partien Stratego im Internet. Dann gehe ich auf die Seite 'Wortkrieger'. Ich möchte ein Expose meines Buches ins Internet stellen. Dazu lese ich mir zuerst die anderen Exposes unter der Rubrik Gesellschaft durch.

Ich entscheide mich Zitate für den Buchrückentext zu verwenden. Meine Prämisse finde ich sehr zutreffend. Um die Mittagszeit gehe ich in die Schönhausener Allee, um dort zu frühstücken.

Ich gehe noch kurz ins Internetcafe. Gegen drei überlege ich, ob ich jetzt in die Sauna gehen soll oder vielleicht doch besser zum 'Warm up' meines Schachvereins gehe. Das 'Warm up' ist ein Turnier, das von 16 bis 19 Uhr ausgetragen wird und aus fünf Partien besteht, die maximal eine halbe Stunde dauern.

Ich entscheide mich, in die Sauna zu gehen. Ich mache vier Aufgüsse mit. Gegen acht fahre ich heim.

Ich gehe auf Wortkrieger.de und lese den Kommentar von Asterix. Ich schreibe noch eine kurze Zusammenfassung meiner Geschichte. Ich lasse den Fernseher laufen.

Ich schlafe erst sehr spät ein..

22. Januar 2017

Um kurz nach acht klingelt der Wecker. Ich gehe duschen. Während des Duschens habe ich das Expose im meinem Kopf und die Geschichte, die ich 2013 erlebt habe.

Ich fahre zehn Minuten später ab, als ich vorhatte. Ich schicke eine SMS an meinen Mannschaftsführer, dass ich mich um einige Minuten verspäten werde.

Als ich in unserer Spielstätte eintreffe, sind schon fünf Minuten auf meiner Uhr abgelaufen. Ich spiele wieder die Eröffnung, mit der ich in der vergangenen Saison so erfolglos gewesen bin. Dabei gelingt mir der thematische Bauernvorstoß im Zentrum. Nur habe ich anschließend auch keinen wirklich überzeugenden Gewinnplan. Es steht jetzt 3:3, mein Spiel sieht nach Remis aus und das Spiel von David sieht verloren aus.

Im Endspiel sehe ich ein Abspiel, bei dem mein Gegner einen Bauern gewinnen könnte. Aber zum Glück übersieht mein Gegner diese Chance und spielt einen Bauernabtausch, bei dem ich einen Bauern gewinne. Es gestaltet sich allerdings schwierig, den Mehrbauern zu einer Dame umzuwandeln. Ich schaue bei David aufs Brett. Er hat in der Zwischenzeit eine Gewinnstellung.

Plötzlich macht mein Gegner einen groben Patzer, so dass ich einen Turm gewinnen kann. Mein Gegner gibt auf und wir gewinnen am Ende doch noch mit 5:3.

Ich fahre in die Eberswalder Straße und esse eine Pizza Calzone für drei Euro fünfzig.

Wieder in der WG schaue ich auf der Seite von Wortkrieger.de, ob es neue Kommentare zu meinem Expose gibt.

Anschließend lege ich mich hin, um einen kurzen Mitttagsschlaf zu halten. Am Abend setze ich mich wieder an meine Geschichte. Ich schlage den 24.6.2013 auf:

„Wir haben dafür gesorgt, dass du keine Freundin bekommst."

„Daher hast du dein Leben lang von der großen Liebe geträumt."

„Wir wußten nicht, dass du ein harmloser lieber Kerl bist."

Am Abend habe ich keine Lust auf den Tatort. Ich spiele noch ein paar Partien Stratego im Internet.

23. Januar 2017

Wir haben neun Uhr und ich fahre nach Buch in meine Tagesstätte.

Nach dem Frühstück frage ich Frank Baum, einen Mitarbeiter von Albatros, ob er kurz Zeit hätte. Ich erzähle ihm, dass ich mir Sorgen mache, wegen des Buches, das ich veröffentlichen will. Ich erzähle ihm, dass ich befürchte, dass die Dienste da nicht einfach cool zuschauen werden.

Frank beruhigt mich und meint, dass es schon so viele krasse Bücher geben würde, dass es eines mehr oder weniger auch nicht ausmachen werde. Wir unterhalten uns fast zwei Stunden über das Buch.

Als wir uns wieder zu den Anderen begeben, ist das Mittagessen fast fertig.

Nach dem Mittagessen helfe ich beim Abspülen und dann lese ich noch ein wenig in 'Nachtzug nach Lissabon'. In der Literaturgruppe lesen wir wieder in den Känguru - Chroniken.

Um drei fahre ich zur KBS nach Pankow. Ich setze mich an den Rommetisch. Um fünf gehe ich ins Internet und spiele Schach.

Gegen sechs fahre ich zu meiner WG.

Ich setze mich ins Wohnzimmer vor den Computer.

Ich habe die größten Zweifel, dass die Dienste eine Veröffentlichung der Wahrheit zulassen werden.

Es ist irgendwie ziemlich einsam hier. Ich drehe die Heizung hoch. Sie wird heiß. Aber mir ist kalt.

Ich schreibe eine SMS an Ilja und an Christian, mit denen mich seit meiner Zeit in Heidelberg eine Freundschaft verbindet. Freunde, mit denen ich bisher in allen Lebenslagen einen sehr ehrlichen Austausch über die eigenen Gedanken und Gefühle pflegen konnte.

Ich schreibe über meine Zweifel. Ich schreibe, dass ich in meinem Leben eigentlich ein Normalo sein wollte. Stattdessen würde ich nun hier sitzen und die krasseste Geheimdienstgeschichte aufschreiben, die ich kenne.

Ich schlage den 25.6.2013 nach:

„Wir haben dich zum harmlosesten, zum größten und zum nutzlosesten Streber der Welt gemacht."

Ich schalte den Fernseher ein. Es wird spät.

24. Januar 2017

Wir haben Dienstag und ich gehe zur Kochgruppe in der KBS Pankow.

Das Internet ist besetzt. Ich gehe ins Internetcafe um die Ecke und spiele eine Partie Stratego.

Gegen halbeins bin ich wieder in der KBS. Es gibt Kartoffel mit Spinat und Rührei. Als Nachtisch gibt es

Schokopudding. Der schmeckt sehr gut. Ich hole mir zweimal nach.

Es gibt heute nicht viel abzuwaschen. Ich fahre in die WG und mache einen kurzen Mittagsschlaf.

Um drei treffe ich Herrn Böhme. Ich erzähle ihm davon, dass ich ein Expose meines Buches bei Wort-krieger.de veröffentlicht habe und, dass ich mir nun Sorgen machen würde über die möglichen Auswirkungen, die eine Veröffentlichung der Wahrheit haben könnte.

Auch Herr Böhme äußert die Meinung, dass ich mir da nicht so viele Sorgen zu machen brauche. Solange ich nicht mit einer Maschinenpistole beim Verfassungsschutz auftauchen würde, müsse ich mir keine Sorgen mache. Ich denke mir, dass Worte und gute Gedanken 2013 keineswegs machtlos oder 'nutzlos' waren. 2013 sollte ich immer wieder gute Gedanken zum richtigen Zeitpunkt haben. Heute kann ich mich nicht mehr an jeden Gedankengang erinnern. Ich hoff-ffe, dass sich die Deutschen, mit denen ich 2013 zu tun hatte, daran erinnern werden und vielleicht erinnern sich sogar die Amerikaner daran.

Ich schreibe eine Email an meinen Freund Elias. Ich schreibe ihm, dass es mir mit dem Aufschreiben meiner Geschichte darum geht, dass ein Teil der Wahrheit konserviert wird für eine Zeit, in der die Dienste zugeben können, dass sie für die Stimmen verantwortlich gewesen sind, die ich gehört habe. Ich erinnere mich mit Wehmut an die gemeinsame Studienzeit in Heidelberg. Wir hatten immer genug Humor und genug Tiefsinn um dem Leben das Beste abzugewinnen.

Ich überlege kurz. Es gibt noch einen Grund, warum ich meine Geschichte aufschreibe. Ich schreibe sie für diejenigen auf, die mit mir ein Jahr meines Lebens geteilt haben und die an meinen Erinnerungen, an meinen Träumen, meinen Hoffnungen und meinen Ängsten Anteil genommen haben und dabei so viel von mir kennengelernt haben, wie wohl kaum ein Anderer.

Um kurz nach sechs gehe ich zum Tango Basiskurs.

Auf dem Weg ins Tango Nou habe ich doch ein bischen Schiss, dass ich nach drei Jahren alles vergessen habe, was ich einmal konnte. Fünf vor sieben bin ich da. Ich treffe Carmen, meine Tangopartnerin. Sie ist kleiner als ich. Aber sie läßt sich eigentlich ganz gut führen. Ich bin zufrieden.

Unser Tangolehrerpaar unterrichtet, die verschiedenen Möglichkeiten, um zu 'kreuzen'. Man kann als Führender selbst kreuzen ohne dass es die Folgende merkt, man kann gemeinsam kreuzen oder man kann als Führender bei der Folgenden ein Kreuz führen ohne selbst zu kreuzen. Mir ist eindeutig am liebsten, wenn wir beide gemeinsam kreuzen oder ich nur ein Kreuz führe, denn dann habe ich die Möglichkeit im Parallelschritt weiter zu tanzen und ich muss nicht im Kreuzschritt tanzen.

Es gelingt mir heute sogar wieder eine Drehung zu führen. Zwar weiß ich nicht, ob meine Schrittfolge wirklich 'richtig' ist, aber ich erreiche die von mir beabsichtigte halbe Drehung und es gelingt mir, dass meine Tangopartnerin mir dabei folgt. Carmen meint, dass es sich ganz gut angefühlt habe. Ich bin zufrieden mit meiner ersten Tangostunde nach drei Jahren. Carmen hat es auch Spaß gemacht und wir verabreden uns für den Basiskurs in einer Woche.

Ich schaue noch ein wenig beim Mittelstufenkurs zu. Ich sehe einige Fortgeschrittenenschritte, an die ich mich wieder erinnern kann. Ich denke mir, dass, wenn es nach mir ginge, ich am liebsten wieder jeden Abend oder zumindest vier bis fünfmal in der Woche Tango tanzen gehen würde. Aber ich befürchte, dass ich keine Partnerin mehr finden werde, die Zeit und Lust hat, vier bis fünfmal in der Woche mit mir Tango zu tanzen. Dass ich Ende 2012 Stephanie getroffen habe, war einfach ein großer Glücksfall.

Als ich wieder zu Hause bin, ist es auch schon fast zehn und ich gucke noch ein wenig fernseh.

25. Januar 2017

Es ist neun Uhr und ich fahre zur BTS in die Siegfriedstraße. Wir haben heute Gesprächsgruppe mit Margarete Kissinger und mit Praktikantin Miriam. Frau Kissinger meint, dass sie bedaure, dass sie letztes Mal nicht da war und, dass sie unbedingt meine Kurzgeschichte im Internet nachlesen möchte. Miriam erzählt vom Tangotanzen. Sie möchte mit ihrem Freund an einem Tangofestival in London teilnehmen und nun würden sie drei bis viermal in der Woche Tango tanzen. Ich beneide sie dafür, dass sie die Möglichkeit hat, auf diesem Niveau Tango zu tanzen. Und ich beneide sie dafür, dass sie irgendwann die Möglichkeit haben wird, als Psychologin zu arbeiten.

Nach dem Essen lege ich mich hin. Anschließend gehe ich nach Hause. Ich ärgere mich darüber, was mir der Verfassungsschutz alles kaputt gemacht hat. In der

WG setze ich mich an mein Buch. Ich schlage den 26.6.2013 nach:

„Wir dachten du bist ein pornoschauender Angeber"
„Dabei hättest du Professor werden können und gehst Tango tanzen."
„Du hast dein ganzes Leben lang Pech gehabt und bist ein hoffnungsvoller Mensch geworden."
„Du bist ein wunderbarer Mensch geworden."

Ich denke mir, dass ich zu keinem Zeitpunkt in meinem Leben ein Pornogucker werden wollte. Ich wollte eine reale Beziehung haben, einen Beruf haben und ich wollte Tango tanzen gehen.

Ich spiele noch ein wenig Stratego im Internet, um mir nicht zu viel Gedanken über mein Schicksal zu machen.

26. Januar 2017

Heute ist Ausflugsgruppe. Wir fahren heute zum ALEXA. Dort wollen wir bowlen gehen.
Bevor wir losfahren rede ich kurz mit Frank Baum. Ich mache mir Sorgen, dass ich vielleicht zu brisante Informationen zugänglich mache, was ja eigentlich nicht in meiner Absicht liegt. Mir geht es eigentlich primär darum, öffentlich zu machen, was mir die Verfassungsschützer über mein Leben offen gelegt haben und, dass die Amerikaner dafür gesorgt haben, dass Jemandem, der sein Leben lang unschuldig verfolgt wurde, staatlicherseits weiter ein krasses Unrecht angetan wird.

Mir geht es nicht darum, ein Staatsgeheimnis der Amerikaner zu verraten. Frank meint, dass er darauf keine Rücksicht nehmen würde. Schließlich hätten die Dienste bisher auch in keiner Form mit mir zusammengearbeitet. Und das sei auch nicht zu erwarten. Daher, meint Frank, würde er an meiner Stelle eiskalt die ganze Geschichte erzählen.

Ich denke mir, dass die Amerikaner sich sehr viel Ärger hätten ersparen können, wenn sie den Verfassungsschutz eine Wiedergutmachung hätten leisten lassen.

Irgendwie finde ich es auf der Bowlingbahn im ALEXA schwieriger konstant gute Würfe hinzubekommen als beim Speedbowling in Pankow. Trotzdem macht das Bowling Spaß. Von mir aus könnten wir ruhig öfter zum Bowling gehen.

Ich habe im ALEXA ein Taschengeschäft gesehen. Dort gehe ich nach dem Bowling hin. Mein Rucksack ist ziemlich verschmutzt und auf der Rückseite aufgerissen. Wenn ich wieder Nachhilfe geben möchte, dann brauche ich auch einen neuen Rucksack. Doch hier kosten alle Rucksäcke um die siebzig Euro. Das ist mir dann doch zu teuer.

Ich gehe ins 'Wandel' zum Mittagessen. Dann fahre ich zurück in die WG. Ich leg mich hin, um einen Mitttagsschlaf zu machen. Ich wache auf. Mir wird be - wußt, wieviel mir kaputt gemacht wurde. Schnell was Anderes machen. Ich setze mich an den Computer im Wohnzimmer. Ich schlage den 27.6.2013 nach:

„Du träumst von der großen Liebe."

„Du lügst nicht."

„Du hast Religion."

„Du hättest Prof werden können."

„Du tanzt Tango."

„Weißt du wie peinlich das für uns ist."

„Du bist der größtmögliche Systemfehler, den es gibt."

27. Januar 2017

Wir haben Freitag und ich fahre zu meinem Zuverdienst in die Erich Weinert Straße.

Ich hole die Zeitung und mache mir einen Kaffee. Im CD Player liegt Xavier Naidoo.

Es ist nicht viel los. Frau Fricke setzt sich wieder mit mir zusammen. Diesmal meint sie, dass sie selbst am 10. Februar keine Zeit haben wird und ich daher bei Via anfragen soll, ob Jemand von Via am 10. Februar Zeit hätte.

Nach dem Zuverdienst gehe ich – wie jeden Freitag – zum Mittagessen ins 'Wandel'. Im Kopf habe ich Xavier Naidoo: 'Sie ist nicht von dieser Welt'. Ich denke an Lucia. Ich denke mir, dass das, was mir an ihr gefiel irgendwie auch nicht von dieser Welt war.

Nach dem Mittagessen fahre ich ins Via - Büro, um Herrn Böhme zu treffen.

29. Januar 2017

In der Nacht höre ich es immer wieder nebenan fluchen. Am Morgen verstehe ich die Worte: 'Hurensohn' und 'Depp'. Ich denke mir: 'So ein Honk.' Darauf höre ich von nebenan: „Ich komm dir gleich rüber, du."

Komischer Zufall. Irgendwie glaube ich nicht daran, dass das ein Zufall war. Ich gehe duschen und frage mich für wen der Typ wohl arbeitet, für die Amerikaneroder für die Deutschen?

Ich frage mich, was der Typ wohl über mich weiß und ob dieser Typ irgendeine Ahnung davon hat, was ich 2013 erlebt habe.

30. Januar 2017

In der Nacht habe ich eine sehr besorgt klingende Stimme gehört: *„Was sollen wir nur tun?"*

Ich habe geantwortet: ,Einen Teil der Wahrheit öffentlich machen.' und ,Es muss euch doch gelingen einen Teil der Wahrheit zu lancieren'. Ich schlage 'lancieren' auf Wikipedia nach und lese: 'Lancieren bedeutet, etwas geschickt in die Öffentlichkeit zu bringen'.

 Sehr gut. Das ist worauf ich meine Hoffnung setze! Wo es ein großes Unrecht gegeben hat, da gab es auch immer Menschen, die den Mut hatten Widerstand zu leisten.

Wenn ich 2013 wahre Wunder bewirkt habe, warum dann nicht wieder?

31. Januar

Ganz offensichtlich habe ich es wieder mit den Deutschen zu tun, denn ich höre*: „Du bist der am unfairsten behandelte Mensch, dem ich je begegnet bin."*

Außerdem höre ich *„Du bist ein Held. Ein absoluter Held bist du."* und *„Die Amerikaner hassen dich."* Ansonsten verstehe ich sehr wenig, da die Stimmen sehr leise sind. Während ich schreibe, melden sich die Stimmen wieder: *„Ein absoluter Held bist du !"*

Ich denke mir, dass ich mir in meinem Leben eher wie ein Märtyrer vorkomme, denn mir ist eigentlich alles kaputt gemacht worden, was ich angestrebt habe.

Ich frage die Verfassungsschützer, ob sie bereits 'Der Freiheit ein Gasse' von Michael Kunze gelesen haben. Ich finde im Internet eine gute Beschreibung. Ich lese: ‚Michael Kunze hat mit seinem im Jahr 1990 erschienenen Roman "Der Freiheit eine Gasse. Traum und Leben eines deutschen Revolutionärs" eine beeindruckende Charakter- und Lebensdarstellung des badischen Revolutionärs Gustav (von) Struve vorgelegt.‘
Ich denke mir, dass ich Gustav von Struve eher als einen Juristen und einen entschiedenen Gegner von staatlicher Willkür bezeichnen würde und weniger als einen Revolutionär. Aber das mag 1848 ja bereits revolutionär gewesen sein.
Ich lese weiter: ‚Gustav Struve, heute kaum jemandem bekannt, war einer der wichtigsten Revolutionäre der Märzrevolution 1848. Er war kein halber, kein zögerlicher, sondern ein ganzer, ein radikaler Demokrat. Keiner der 1848 zögerte oder sich den Fürsten anbiederte, wie das so manches Mitglied des Paulskirchenparlaments tat. Er war ein unabhängiger Denker, mutiger liberaler Journalist, überzeugter Demokrat und Anwalt.‘
Den Absatz finde ich gut gelungen. Ich lese weiter:
‚Michael Kunze gelingt es in seinem Roman uns in die politische Ideenwelt Gustav Struves eintauchen zu lassen, Struve selbst in seine Zeit zu stellen und dabei seinen außerordentlichen Drang nach Freiheit und Selbstbestimmung der Menschen zu verdeutlichen.‘

Ich denke mir: Der Absatz gefällt mir auch ganz gut. Ich lese weiter:

,Das Buch beschreibt ein düsteres Jahrhundert in Deutschland, ein Land dessen Obrigkeit die Freiheit stranguliert, die Presse zensiert und verbietet, menschliche Existenzen vernichtet [...]'

Ich denke mir, dass ich mir für Deutschland wünsche, dass es nie wieder so eine finstere Zeit erleben muss.

Die Stimmen kommentieren: *„Du bist der größte Held, den es gibt."*

Gegen Mittag habe ich einen guten Einfall. Ich veröffffentliche erst mal nur eine beschnittene Version der Geschichte, so dass nicht herauskommt, dass die Deutschen und die Amerikaner meine Gedanken kannten. Damit zeige ich meinen guten Willen und, dass es mir nicht darum geht, eine geheime Spionage-technologie der Amerikaner offenzulegen.

Wenn die Dienste oder irgendjemand mit mir zusammenarbeitet, verzichte ich ganz darauf die gesamte Geschichte zu erzählen. Ich schreibe Christian eine Email und frage ihn, was er von meiner Idee hält.

Die Deutschen kommentieren:

„Du bist wirklich der größte Held, den ich in meinem Leben je gesehen habe."

„Du bist ein absoluter Held."

„Ein wirklich großer Held bist du geworden."

Christian schreibt mir zurück, dass er die Idee gut findet.

Am Nachmittag zeige ich den Deutschen einige Tango-videos, die ich besonders faszinierend finde. Es hört sich danach an, als ob sie ganz gut ankommen. Außerdem erzähle ich den Deutschen, dass die Amerikaner meine größten Helden hätten werden können, wenn sie zugelassen hätten, dass ich eine Wiedergutmachung bekomme. Aber nun sind die Amerikaner meine größte Enttäuschung geworden. Ich finde sogar, dass die Amerikaner die größten Antihelden in der Geschichte des 21. Jahrhunderts geworden sind. Es hört sich nun ganz danach an, als ob die Deutschen mir in meiner Meinung begeistert zustimmen würden. *„Dein ganzes Leben lang hast du gute Gedanken gehabt."*

Ich frage mich, was die Deutschen wohl davon abhalten könnte, gegen ein bestehendes krasses Unrecht Widerstand zu leisten. Ich höre: *„Der größte Held der Nation bist du!"*

Am späten Abend höre ich große Aufregung bei den Deutschen, mit denen ich es zu tun habe.

Ich höre nur noch: *„Die Amerikaner hassen dich!"*

„Die hassen dich."

„Du sollst getötet werden."

„Die hassen dich."

Es herrscht nun sehr große Aufregung bei den Deutschen.

Ich habe große Angst, dass ich nun den Typen in die Hände fallen könnte, die mir Ende 2013 krasseste Gewalt angedroht haben.

Die Situation ist krass beängstigend. Ich würde sie als die finsterste Situation beschreiben, die ich je erlebt habe. Christian schickt mir eine SMS, dass ich mich auf ihn verlassen kann.

Ich denke: Es tut gut, sich in der finstersten Stunde nicht allein zu wissen.

Ich denke an die Geschwister Scholl und mir fällt ein: 'Niemand hat größere Liebe denn die, dass er sein Leben läßt für seine Freunde.'

Ich schicke nun die ganze Wahrheit in meinem Freundeskreis herum mit der Aufforderung, die Geschichte öffentlich zu machen, falls mir etwas zustoßen sollte.

Außerdem stelle ich die Geschichte bei Wortkrieger.-de ins Netz.

Ich höre nun nur noch aufgeregtes: *„Die hassen dich so."*

1. Februar

„Du sollst dein Leben lang gefoltert werden."

„Du sollst jeden Tag hingerichtet werden."

„Dir soll deine Haut verbrannt werden."

„Dir sollen die Augen ausgestochen werden."

„Du sollst nichts mehr hören dürfen."

„Du sollst zum hilflosen Bettlägrigen gemacht werden."

„Du sollst zum hilflosesten Menschen der Welt gemacht werden."

„Du sollst in deiner Scheiße liegen."

„Dir sollen Gliedmaßen abgetrennt werden."

„Dir sollen die Hoden rausgerißen werden.“

„Du sollst an den Schmerzverstärker angeschlossen werden.“

„Aus dir soll ein Gehirnamputierter werden.“

„Du sollst Tag und Nacht wach bleiben.“

„Du sollst ständig Stromschläge bekommen.“

„Dir soll dein Magen rausgenommen werden.“

„Das Schlimmste, was es gibt, soll dir dein Leben lang angetan werden.“

„Das Mieseste, was es überhaupt gibt, soll mit dir gemacht werden.“

7. Februar

Die Stimmen sind jetzt superaufgeregt.

Immer wieder höre ich:

"Die Amerikaner holen dich." und "Du sollst dein Leben lang gefoltert werden.“

Es hört sich nun so an, als ob die Amerikaner mich auch in meinem nächsten und in meinen kommenden Leben foltern wollten!

„Die hassen dich so".

Außerdem heißt es:

„Aus dir ist der mutigste Mann der Weltgeschichte geworden.“

„Für uns bist du ein Held.“

„Du bist für mich der größte Held, den ich je kennengelernt habe.“

„Ein absoluter Held bist du geworden."

Zum Weitergang der Geschichte in 2013 nur so viel:

Im Laufe der Geschichte solidarisierten sich die Deutschen mit mir.

Daraufhin folgte im Oktober 2013:
„Wir können dir nicht mehr helfen."
„Wir können nicht mehr nach Außen kommunizieren."
„Wir werden hier selbst Tag und Nacht bewacht."
„Wir sitzen in der Falle."
„Die Amerikaner haben eine Festung aus der Anlage gemacht."

Und:
„Du hast Helden aus uns gemacht."
„Für uns bist du der größte Superheld."

Im November 2013 hieß es dann:
„Die Amerikaner sagen: Jetzt ist Schluß mit deinem Privatkrieg gegen eine Supermacht."
„Du sollst deine Verfassung verbrennen!"
„Du sollst deine Bücher und deine Schriften verbrennen!"
„Du sollst deine Bilder wegschmeißen!"
„Du sollst deine Musik CD`S wegschmeißen!

Und immer wenn ich etwas nicht oder nicht schnell genug gemacht habe, dann gab es Stromschläge.
Diese hörten jeweils auf, wenn ich einer Forderung nachkam.

Weil ich im Hof meine Verfassung verbrannt habe, kam ich in eine Psychiatrie.
Dort waren unter etwa 15 Insassen 7-8 Bewacher, die immer vor meiner und nur vor meiner Türe saßen. Diese kannten sich mit meinen Gedanken zum passiven Widerstand gegen ein krasses Unrecht aus, sie kannten meine Biographie und meine aktuellen Gedanken. Von diesen Bewachern war immer einer um mich. Und diese Bewacher waren kein medizinisches Personal!

Bei einem Spaziergang sagte einer der Bewacher: *„Hier ist jetzt Amerika!"*
Und als ich, ob der Gewaltandrohungen einmal verzweifelt war, sagte eine Bewacherin: *„Es läßt sich nicht sagen, wer an deiner Situation schuld ist. Vielleicht bist du es . Vielleicht sind es die Amerikaner."*
Ich habe zu diesem Zeitpunkt Niemandem von dem Konflikt mit den Amerikanern erzählt! Woher wusste sie also von den Amerikanern?!?
Es kamen immer wieder krasse Gewaltandrohungen aus der Gruppe der Bewacher und zwar mir und nur mir gegenüber. Einmal überlegte ich mir an einem Nachmittag, ob der Freitod eine Option sei. Da kam einer der Bewacher in mein Zimmer und meinte, dass er das nicht tun würde. Das würde nur Schmerzen bringen. Als ich ihn darauf fragte, warum man erst

jetzt mit mir reden würde, zuckte er die Achseln und meinte: *"Deine Einstellung."*

Eine andere Bewacherin regte sich furchtbar darüber auf , dass ich aus der Sache eine Radiosendung gemacht hätte.
Sie sagte: *„Was fällt dir ein, eine Radiosendung daraus zu machen?"*
Ich hatte zuvor das Leid der gefangenen Deutschen und mein eigenes Schicksal mit etwas Kreativität und Humor angehen wollen und habe - natürlich nur in Gedanken - die Situationen wie ein Radiomoderator moderiert. Wie gesagt mit etwas Humor. Darüber war diese Bewacherin ziemlich sauer. Ich habe zu diesem Zeitpunkt noch Niemandem etwas von dieser Radiosendung für meine deutschen Zuhörer erzählt!
Dass sie darüber Bescheid wußte, war niemals ein Zufall !!

Nachwort

Das Jahr 2013, in dem ich die Deutschen, mit denen ich zu tun hatte, zum passiven Widerstand gegen ein krasses Unrecht aufrief und dieses Buch, das einen krassen Geheimdienstskandal und ein bestehendes Unrecht offenlegt, ist für mich der Sinn meines Lebens geworden.

Ich bin mir sicher, dass ich zusammen mit den Deutschen, mit denen ich 2013 zu tun hatte und die sich im Laufe des Jahres 2013 zunehmend mit mir solidarisiert haben, Großartiges geleistet habe.

Ich bin mir gewiß, dass wir Geschichte geschrieben haben und irgendwann die ganze Wahrheit ans Licht kommen wird.

Gute Gedanken sind nicht nutzlos. Sie können Grenzen sprengen und sie können die Welt bewegen.